されど未来へ

「回想七十有余年」と
「江戸川区の
文化を支える人々」

小久保晴行

イースト・プレス

はじめに

人間はひとりでは生きていけない。

私の人生もおわりに近づいて来た。自分よりも年長者の誰に聞いても、みなが口を揃えて「いまが一番幸せだ」と答える。私についていえば、過ぎ去ってしまえば、何のことはない、あっという間の八十年であった。人間は程度の差はあるけれども、八十歳くらいを過ぎると、ものへのこだわりが少なくなって、あるがままを自然に受け入れるようになる。これを「老人的超越」というらしい。

老いのまさに至らんとするを知らざるのみ、という。

日々好きなことに夢中になっていると、老いていくのを忘れてしまうということだが、それができれば最高だろう。だが、なかなかそうはいかない。また、人生では毎晩よく眠れるのが一番であり、睡眠は「ノンレム」と「レム」の繰り返しであり、寝入りばなの六十分に最初の「ノンレム睡眠」がどれだけとれるかで睡眠の質が決まるといわれている。

昭和二十年（一九四五）八月十五日、私は満九歳だった。雲ひとつない快晴の昼、私は東京江戸川区の自宅で、昭和天皇の玉音放送を聞いた。ラジオの音声が悪くて何を喋っているのかよくわからなかったが、短い放送が終わると、大人がいっせいに泣き出したので、日本が戦争に敗けたのだとわかった。翌十六日朝、国民学校に行ったら、予科練帰りの若い教師が空いた音楽教室でピアノの鍵盤を激しくたたいて号泣しているのを見た。

私の幼年期、少年期の思い出は戦争、空襲、防空壕、焼け跡のもの拾い、集団疎開、空腹、買い出し、イモ飯、麦飯で、いわば焼け跡から自分の人生は始まったといえる。人生で一番大きかった出来事は二十歳代半ばにパリに出かけて行ってひとり暮らしをしたことだった。帰国してから平凡な人生を過ごしたが、パリ時代のことはときどき思い出した。

本書は、終戦時からの昭和、そして平成の七十有余年の回想とともに、江戸川区という東京都の東端の地域で伝統的地域文化にいそしむ人々との交流と生きざまを描いたものである。もちろん、ほかにも多くの人々が、それぞれの立場で文化の継承に努力しつつ人生を生き抜いている。

そのみなさんが一様に抱えている大きな課題が、それぞれの文化の継承者、後継者を育てることである。それはとりもなおさず未来に向かって生きている証《あかし》ともいえる。

私がこれまで生きてきた道やさまざまな人との出会いを振り返る七十有余年の回想に

も、同様に、未来への何らかのメッセージが込められていれば、この上ない喜びといえる。

本書執筆に当たり、特に第二部の「江戸川区の文化を支える人々」では、登場していただいた江戸川区文化会（芸能文化協会）の一部のみなさんには、改めて取材をしたり、さまざまな話を伺ったりした。普段、私が会長として接している会やその役員のみなさんだが、それまで気づかないできたことを新たに教えられたことが多かった。みなさんには資料や写真なども提供していただいた。

また、本書の企画、取材から編集にいたるまで山本和雄氏（ＲＲＣ出版）に協力をしてもらった。イースト・プレスの加藤有香さんにも多大な助言、協力をいただいた。

皆様のご理解とご協力に深く感謝をしたい。

小久保晴行

平成三十年十一月

目次

第二部　江戸川区の文化を支える人々

第一部
歳々年々、ひと、みち同じからず

序章
いつも変わらぬパリだけに

ダイアナ妃の悲惨な事故に遭遇

それは訪れるたびに一九六〇年代に絵画を学ぶために留学していた「青春時代」を懐かしく思い出す街、パリにおける出来事だった。

一九九七年（平成九年）八月三十一日早朝、宿泊していたパリ下町のホテルの部屋のテレビを何気なく付けると臨時ニュースが流れていた。イギリスのダイアナ皇太子妃が乗った乗用車がパリ市内で衝突事故を起こして大破した、とのニュースだった。事故現場は、アルマ橋近くのトンネルだという。現場がホテルからそう遠くなかったので、私は急いで着替えをして部屋を飛び出していた。

外はまだ薄暗かった。昼でもどんよりとした日が多いパリのいつもの朝だった。地下鉄を降りて、セーヌ川に架かるアルマ橋の方に急ぎ足で向かった。パトカーのサイレンが遠くから聞こえてくるようだったが、街は思いのほか静かだった。アルマ橋に近づくと歩道に人が目立つようになってきたが、事故から時間がたっているはずなのに、立ち入りを禁止する規制線が張られていなかったから、アルマ橋のトンネル近くどころか、意外にもトンネル内の少し細くなった歩道をそのまま進んで激突現場近くまで行くことができた。

ダイアナ妃は、マスコミに騒がれていた交際相手のエジプト人富豪一族のドディ・アルファイド氏と最高級ホテル「リッツ パリ」を出てメルセデス・ベンツに乗り込んだ。二人を乗せた車は、追いかけるパパラッチを振り切ろうと猛スピードでコンコルド広場あたりを抜けてアルマ橋近くのトンネルに突入したところで、ドライバーが運転を誤って中央分離帯の柱にぶつかった後、側壁に激突して大破したとされている。

早朝のテレビのニュースでダイアナ妃が死亡したと報じていたかどうか定かではないが、即死に近い凄まじい事故であったことは現場付近の人には伝わっていたと思う。大破した車は片付けられていたが、道路にはガラスの破片が散乱していた。「大変なことになったなあ」と思いながら、トンネルの外に出ると、目の前にマイクが突き出された。イギリスのＢＢＣ放送のマイクだ。よくある事故現場の街頭インタビューだった。マイクを持っている記者の顔を見るとテレビなどで顔を見知った有名な女性記者だった。

私は、「驚いた。私は日本から来ているが、世界的な大ニュースで、日本でも大きく報道されていると思う」などと案外に冷静に英語で答えた。周りを見るとフランスＴＶなども来てインタビューをしていた。彼らより、地下鉄で駆け付けた私の方が一足早かったのだ。

この悲惨な事故に関しては、その後、世界でさまざまに報道された。マスコミ、パパラッチのカメラマンとのすさまじいカーチェイスの果ての事故で、車は百数十キロのスピードで、私が入って見たトンネルに突入したところで柱に激突、大破した。救急隊が駆け付けて潰れた車の屋根を切って、前部座席と後部座席に挟まれていたダイアナ妃を車外に出してパリ十三区のサルペトリエール病院に搬送したが、ダイアナ妃は意識を取り戻すことなく、午前四時頃、死亡宣告を受けたとされる。

ダイアナ妃を追いかけていたパパラッチは救助活動中もカメラを向けていたなどと、その姿勢がさまざまに批判された。また、車のドライバーからは大量のアルコールが検出され、「なぜ、そんな人に運転を？」という疑問とともに「ダイアナ妃謀殺説」なども一部で流され続けた。それは私だけでなく多くの人の記憶に残る衝撃的な事故だった。

インタビューの後、ようやくあたりに規制線が張られ、私も外に押し出された。

空は明るさを増し、古い建物やエッフェル塔のシルエットに色彩が戻ってきていた。早朝の光景はかつてのパリと変わらない。パリはいつ来ても同じ表情である。一九六〇年代初め、パリ第一大学の留学生としてやってきたころのパリ、そのままだ。事故の喧騒の後、少し街を歩いてみた。大学があるカルチェ・ラタンも、当時住んでいた下宿もそう遠くはない。

パリで出会った人も「私の履歴書」に登場する人も、いまは……

一九六〇年代初頭にパリに留学生としてやって来た当初は毎日、街を歩き回った。見るものすべてが新鮮で、それぞれの歴史やその奥行きのようなものに言い知れぬ感動を覚えた。その感慨も甦ってくる。ルーヴルやオルセーやオランジュリーなどの美術館や博物館もよく見て回った。パリは特別の施設でなくても、教会やホテル、あるいは路地や公園や墓地にいたるまで、建造物のすべて、さらに言えば、まち全体が歴史博物館だ。路地裏の小ぢんまりとした建物にも、小さな四角の金属プレートが貼られ、変色した文字を読んでみると、異国の日本の教科書にも載っていそうな歴史上の重要人物や出来事、伝来が刻まれていたりもする。

私の最初のパンテオン前の下宿先の路地を挟んだ向かい側の小さなホテルには、プラハ生まれの詩人、リルケ（一八七五—一九二六）が昔住んでいた部屋があった。リルケはそこで小説『マルテの手記』を書いてパリの生活を描き、彫刻家ロダンのアトリエに通って『ロダン論』を書き上げた。このような文学や芸術の歴史も、あちこちの建物や部屋に残されている（現在では、その部屋を普通の間借り人が使っていたりもする）。もちろん建物は昔のままでも、そこで歴史を刻んだ人はもういない。私が留学時代に世話になり、一緒にパリを歩いた多くの人も同じだ。

当時、パリで活躍していた洋画家の星崎孝之助さんや田淵安一さん、藤田嗣治（レオナルド・フジタ）さんに会うこともできた。哲学者の森有正さんにも多くのことを教わった。パリ大学の講堂で聴いた哲学者、サルトルの講演の解説やパリの話などもしてもらった。当時、知識人の行動などに関して国際的に影響力を及ぼし始めていたサルトルを日本に紹介する仕事もしていた森さんが、カフェでそのサルトルと親しく挨拶する場に居合わせる幸運にも恵まれた。

帰国後、私の生活は一変し、職業画家をめざす生活から会社経営に打ち込む日々になった。外貨持ち出しが制限されるほど貧しかった日本も変わり、海外旅行も自由にできるようになった。私もその後、幾度となくヨーロッパ、パリを訪れた。その都度、街を歩き、変わらぬパリが懐かしく、留学生時代の多くの人との出会いのシーンが脳裏を巡った。それも歳月を重ねるにつれ「あの頃の人は、もういない」「たしかに歳歳年年、人同じからずだ」との感慨が胸に迫るようにもなってきた。当たり前ではあるが、私のパリ時代は、はるか遠い過去の一ページになってしまったのだ。

年年歳歳花相似　（年年歳歳、花相似たり）
歳歳年年人不同　（歳歳年年、人同じからず）

このような心境が痛いほどわかるようになってきた。よく知られる七世紀の唐の詩人、劉希夷《りゅうきい》の「代悲白頭翁（白頭を悲しむ翁に代わる）」の一節だ。日本でいえば「ゆく河の流れは絶えずして、しかも、もとの水にあらず」で始まる鴨長明の『方丈記』などに示されている「無常観」ということになるだろうか。若い頃には自らの問題とすることの少ない、人の命のはかなさ、無常観。それを劉希夷は、毎年変わることのない自然との対比によって描いてみせた。私もこの一節をこれまでの著述によく引用してきた。

だが、都市で暮らす現代人には「変わらぬ自然」が実感を伴って迫ってくるようなことは少ないのではないだろうか。都会の住人には、街や都市環境が、変わることのない「自然」や「花」ということになるのかもしれないが、私のような戦争末期世代は、東京大空襲で焼け野原になったところからの復旧、復興、さらに高度成長による都市開発の連続のなかで生きてきた。都市も住環境も自然環境も年々大きく変わり、自分たちもそれに合わせるように忙しく動き回ってきた。だから「自然」だけでなく、街や環境などの姿と対比して、人の命のはかなさなどに感慨を抱くような機会はなかったかもしれない。

やはり変わらぬ都市、パリだからこそ実感する思いともいえる。パリは二度の大戦の戦火をくぐり抜けて歴史的な遺産、遺構を現代に伝えている。戦前も戦後も、また何度足を運んでもパリはパリだ。年々歳々、相似たり、のパリだからこそ、人の命の無常さを改めて強く実感する。変わらぬパリの風景。しかし、その中にあの恩人、知人はもういない。

これは当然、パリ時代だけの話ではない。私のこれまでのあゆみ、日本経済新聞の連載風に言えば「私の履歴書」を振り返っても、その中で重きがおかれるはずの恩人、知人、友人の多くもすでにいない。

自分の人生を振り返ってみれば、それは一本道ではなく、紆余曲折があり、さまざまなみち、あゆみがあった。それぞれ、与えられたり、自ら選んだりしながら、今日まできた。この間、常に多くの人との出会いがあり、対立、葛藤なども含む、さまざまな交流があった。それらの人たちの多くも、すでに同じ舞台にはいない。その記憶の一端でも蘇らせ、私流の「履歴書」として、その出会いや経験などをまとめておきたい。このようなことを考えるようになったのも、歳を重ねることの意味といえるだろうか。

第1章

「疎開世代」の私の出発点

集団疎開先だった山形県庄内町の狩川町国民学校（当時）を70年ぶりに訪問（2016年）

太平洋戦争の開戦とともに始まる記憶

私の少年期は、戦争（第二次世界大戦）を抜きには何も語れない。そういう世代である。谷崎潤一郎は『幼少時代』のなかで、「一般に人は、五歳の時あたりから、やや明瞭な記憶を持ち始めるのが普通」であると書いている。

日米（太平洋）戦争の開戦の大本営発表は昭和十六年（一九四一）十二月八日だったから、私（昭和十一年七月生まれ）は、ちょうどそのあたりの満五歳四カ月だった。

早朝のラジオから流れるチャイムの後に続いた「臨時ニュース」のことは、はっきり憶えている。「帝国陸海軍が本日未明、西太平洋においてアメリカ・イギリス軍と戦闘状態に入れり」という、あの大本営発表のニュースである。家族全員で聞いたと思う。

もちろん、このような大きな事件は、その後も何度も振り返っているから、古い記憶でも消えることなく蘇る。そのときの言い知れぬ不安なども合わせて思い出す。

私が東小松川国民学校（現・江戸川区立東小松川小学校）に入学したのは、その開戦の翌年（昭和十七年）四月だった。その月十八日に東京は初めて空襲を受けた。真珠湾攻撃以降、ラジオや新聞は連戦連勝のニュースばかりを報じていたから、いきなりの空襲は衝撃的だった。江戸川区は直接襲撃を受けることはなかったが、隣の葛飾区では爆撃や機銃掃射を受けて水元国民学校の児童が一人死亡した。土曜日午後の帰宅途中に襲撃を受けたのだ。ただ、その空襲の被害の全貌などは当時の国民には知らされず、空襲もその後しばらく行われなかったから、東京の空が小康状態を保つとともに、恐怖心も薄らいでいったと思う。

このときの空襲は、米軍の爆撃隊の指揮官の名を冠して「ドーリットル空襲」と呼ばれているが、B25十六機が東京ほか川崎、横須賀、神戸、名古屋などを爆撃し、被害は死亡約九十人、負傷約四百六十人、全半焼家屋二百九十戸だったことなどが戦後明らかにされている。

東京で空襲が激しくなるのは昭和十九年十一月からだった。三年生になっていた。サイパン島などのマリアナ諸島に米軍の基地が完成して、B29を主力とする陸軍航空隊の日本本土空襲が本格化したからだ。江戸川区内でも空襲による犠牲者が出始めた。

国民学校では、授業中の空襲警報で、あわてて床下の防空壕に駆け込むことが増えてきた。ただ、このころはすでに集団学童疎開が始まっていて、同級生も先生も大分少なくなっていた。

そして昭和二十年（一九四五）三月十日の東京大空襲の日を迎える。

深夜から早暁にかけて行われたその空襲は、それまでの昼間の軍事施設を中心に狙った爆撃ではなく、東京の下町を焼き尽くす無差別爆撃だった。Ｂ29爆撃機を主力とする約三百機が来襲して約千七百トンの焼夷弾を木造家屋密集地帯に投下したため、早暁にかけて大規模な火災による旋風が発生し、東京の全建物の四分の一が破壊された。一夜、それも数時間で十万人ともいわれる命が奪われ、百万人が住む家を失った。墨田・台東・江東区や千代田区、さらに江戸川区でも、小松川・平井地区がほぼ焼失してしまった。

私たち家族も、その東京にいた。十日午前零時を回ったころ、空襲警報のサイレンが鳴り、江戸川区西小松川町のわが家の庭にも焼夷爆弾が落ちた。パッと閃光が走ると、バリバリバリッという音とともに木々の枝に火が飛び移った。突然の出来事に、身のすくむ思いで呆然としていた私は、母親に促されてあわてて防空壕に逃げ込んだ。

暗い防空壕の中で恐怖とともに一夜を明かした。朝、外に出て、あたりを見回すと庭の木々の枝や物置は燃え落ちていたが、母屋は焼けずに残っていた。ただ、荷馬車で営業をしていた家の前の運送屋の住宅や馬小屋が焼け、焼け跡に黒焦げになった馬が何頭か転がっていた。その無残な姿や、さまざまなものが焼けて複雑に交じり合った焦げた臭いなども、暗闇に焼夷弾が落ちた瞬間の恐怖とともに、大空襲の印象として私の記憶に残った。

近くを見回ってきた大人たちが、「中川（現在の旧中川）に数え切れないほどの死体が浮いている」などという恐ろしい話をしているのも聞こえてきた。炎と強烈な熱風に追い立てられて川に飛び込んで犠牲になった人も多かったのだ（旧中川で三千人以上が死亡。毎年八月、慰霊のために灯篭流しが開催されている）。私はこれまでの著作で大空襲の体験を何度も書いてきた。それだけぬぐい難い、欠かすことのできない原体験になっている。

私が集団学童疎開で山形県東田川郡狩川町（のち立川町、現庄内町）に行ったのは、その直後だった。このまま東京に残っていたら空襲でみな殺されてしまうから早く疎開させよということだったが、学童疎開（三年生から六年生の児童が対象）は前年（昭和十九年）八月から実施されていた。江戸川区の疎開先は山形県に決定し、大多数の児童は鶴岡市に疎開していた（その縁から戦後、江戸川区と鶴岡市は友好都市として提携した）。ただ、私が疎開したときには鶴岡はすでに収容能力を超えるほどだったので隣の狩川町が受け入れてくれることになったと聞いた。

私は東小松川国民学校の仲間の児童とともに夜汽車で向かった。三年生の終わりのときだった。一行は上岡先生と佐伯先生の先生二人と、当時、私たちが「保母さん」と呼んでいた二人の女性が疎開先の世話係として加わって、私たち児童四十~五十人を引率した。

狩川に着いて駅を出ると建物の日陰には、まだ残雪があったことを思い出す。三月末のことだった。収容された宿泊先は狩川町立公会堂だった。入り口に炊事場があり、真ん中の廊下を挟んだ両側が広い部屋になっていた。その突き当りが手洗いだった。

疎開生活でもっとも辛かったのが、疎開してきたのに食べ物がないに等しいことだった。規則正しい生活だったが、朝、昼、晩と三食が、茶碗一杯だけのお粥かおじや、それにみそ汁程度で、おかずがあっても山菜などを使った一品だけという毎日だった。あとは食べるものがない。育ち盛り、食べたい盛りの児童には実にひもじい、悲惨な生活になった。薄い味噌汁にアザミの葉が入っていて、喉を通るときにチクチク刺すように痛みが伝わってくるのが悲しかった。この思いは、いまだに忘れられない。

江戸川区は当時、野菜作りが盛んな農村地域で、戦時中も作付けが行われていたから、食料事情はそれほど逼迫してはいなかったという。だが、疎開先は温泉地などが多く、農地が狭く、元々農業生産力が低かった。だから、のちに江戸川区の学童疎開の記録を見たり、他の地域の体験者の話を聞いたりしても、「三食ほとんどお粥」「おかずは山菜」「雑草まで食べさせられた」などという辛い体験や報告をしている人が多い。

町立の学校に仲間と通ったが、私は、そのような食生活に慣れることができなくて下痢を繰り返し、学校をよく休んだ。だから疎開先の学校生活は辛いだけで、あまり思い出すことがないのだが、当時の先生が児童に向かって強調していたことは「日本は神の国だ。戦争には絶対に負けない」「これからは本土決戦、打ちてし止まんだ」などというようなことだったと思う。そして勇ましい軍歌を合唱した。

いまになって思えば、戦況はますます悪化し、南方の島々に加えて六月には沖縄も陥落して敗戦は必至となっていたはずだが、当時の先生たちは、それを知ってか知らずか、勇ましいことを言い続けていた。当然、子どもたちもそれを信じ切っていた。

父に連れられて疎開地から引き揚げる

私の体調はいつまでも好転しなかった。栄養失調だった。微熱が出る。熱とともに下痢が止まらない。そうこうするうちに東京から父親（小久保松保《まつやす》）が「このままでは晴行は死んでしまう」と心配して迎えに来てくれた。その少し前、父が疎開先の狩川に様子を見に来てくれていて、体調が悪く青ざめていた私の様子を見て帰っていった。この食料事情、過酷な状態のまま放っておくと、この子はもたないと心配して引き取りに来たのだ。

戦後、それも六十年ほどたって疎開地の狩川を訪れたとき、父と二人で東京に帰るために夜行列車に乗った「狩川駅」（現ＪＲ東日本・陸羽西線）は無人駅になっていた。ただ、ホームなどの様子は当時とあまり変わっていないように見えた。六十年ぶりにホームに立つと痛いような懐かしさがこみ上げてきた。宿泊先の狩川町公会堂はすでに取り壊されて道路になっていた。

狩川駅から汽車に乗って夜行の満員列車に揺られて父と二人、東京に帰った。私の生家は総武線の新小岩駅の方が近いのに、このときは何故か一つ手前の平井駅で降りた。見渡すと目の前の視界は驚くほど遠くまで広がっていた。南の方は小松川橋まで一望できた。都立第七高等女学校（現小松川高等学校）のコンクリート校舎と旧小松川警察署が残っている程度で、あとは一面の焼け野原という惨状だった。東京大空襲の際、江戸川区内でも荒川放水路の西側の平井、小松川地区は商店街もある木造住宅の密集地域だったから、延焼による被害も大きかった。そこにあった木造の区役所も焼けてなくなっていた。

私は東京大空襲後に疎開したので、焦土と化した町の光景はすでに目にしていたが、疎開先に向かうときは被害の少なかった荒川の東側の新小岩駅から乗った。今度は焦土と化した平井駅に降り立ち、改めて惨状を目の当たりにして「これが自分の生まれた、わが町なのか」と衝撃を受け、子どもなりに「絶望感」や「諦観」を抱きながら、何はともあれ「家に帰れる」との思いから、淡い希望も湧いてくる複雑な気持ちになっていたと思う。

これが七月末。私の集団疎開は四カ月で終えた。学童疎開の悪夢は、私には人生の原点といえるもので、その後の人生観を決める大きな要素にもなっていると思う。

帰京してすぐの八月、暑い日が続いた。六日に広島、続いて九日に長崎に原子爆弾が投下され、十五日の敗戦の日を迎える。やはり朝から暑い日だった。西小松川の自宅では父が「本土決戦が行われるだろうから防空壕をつくる」と言って南側の庭に大きな穴を掘っていた。正午の玉音放送は、家族そろって縁側で聞いた。ラジオの音が悪く、何が語られているのかわからなかったが、大人たちが声を上げて泣き出したので、戦争に負けのだと悲しい思いになったことを憶えている。一方、内心、ほっともしていた。多くの国民がそうだったのではないだろうか。その十五日夜から空襲も警報もなくなった。ただ、その日以降、グラマンの艦載機が東京の焼け跡の上をわがもの顔で、超低空で飛び回っていたことをもよく憶えている。

敗戦後の日本国民、とくに大人たちの受けた苦難や屈辱は、われわれ世代とはまた異なるものがあったと思う。ただ、私自身の経験から強調しておきたいのは、戦争や集団疎開などという悲惨な経験を、のちの世代に味わわせてはならないということだ。戦争は無意味で非生産的、決してやってはならないものだ。政策でも制度でも考え方でも、その点を大前提にしていなければならないと思う。この点はいくら強調しても足りないくらいだ。

戦争に敗れ、九月から東小松川国民学校に復帰した。校舎は焼けずに残っていたが、壊れている箇所が多く、残っている教室も荒れ放題のひどい状態だった。窓ガラスはほとんど破れ、机もろくになかった。教科書ももちろんない。そして十月には児童の疎開先からの帰京も始まり、また、罹災した学校の児童も加わり、教室をはるかに上回る児童数になったので「二部授業」で行われた。その分、授業時間が少なくなり、勉強をしなくてすむと、正直、嬉しかった。やはり小学生である。

太平洋戦争が始まってから敗戦に至る三年半強と敗戦後の数年間は、私には記憶が始まる幼年期から小学生、新制中学校の生徒という少年期に当たるが、楽しい記憶といえるものがほとんどない。疎開時の空腹、空襲、敗戦。大人たちの自信喪失と屈辱と困窮。学校の先生たちも戦後、自信を失い、やる気をなくしているように見えた。社会の混乱は幼・少年期にさんざん体験し、目撃してきた。その記憶は、恐怖や苦渋に満ちたものが多く、その後の生活や考えに強く影響を及ぼすものになったのではないかと思う。

酒と猟が大好きだった父、小久保松保

私の父、小久保松保《まつやす》は、戦後最初の公選の江戸川区長だった。この父の記憶で、もっとも強く、鮮明に残っているのは、区長になる前の戦争中、空腹や腹痛で苦しんでいた疎開生活から私を救い出しに山形県狩川町にやって来てくれたときのことだ。その姿を見て、まさに「救いの神、現れる」と私は感激して迎えたと思う。父のやさしさを最も強く感じた瞬間だった。

普段の生活で印象に残っている父の姿は「酒」だ。とにかく酒が好きで、台所にはいつも四斗樽が置かれていた。父は朝、樽の注ぎ口（呑口《のみくち》と呼ぶらしい）に一合枡を当て、その下にドンブリを置く。枡になみなみ注いで栓をキュキュッと閉める。その音も記憶にあ

る。そして枡の酒をググッと飲んで、ドンブリにこぼれた酒を枡に戻して飲み干してから出掛ける。これが父の日課だったように記憶している。

父、松保は、明治三十年（一八九七）十月一日、当時の東京府南葛飾郡松江村（のち松江町、現・江戸川区西小松川町）に生まれた。小久保家は、徳川時代初期に三河から徳川家と一緒に江戸に移住して来た一族で、代々の農家だ。松江村の自宅が農家らしく千数百坪の畑のなかに建てられていた。当時の家は、大正の初めに建てられた広い土間のある百坪ぐらいのL字型の曲がり家で、土間には大きなかまどがあった。風通しがよくネズミが飛び回っているような家だった（戦後はその四分の一ほどに圧縮した家になっていた）。

農業では、葛西などで茅の栽培や採取、またそれを船で江戸に運搬するようなこともしていたらしく、葛西の湿地帯にも土地を保有していた。父は、昭和三十年に亡くなるが、その十数年後に始まる葛西沖の埋立事業に、私が三十代ながら都の開発審議会の委員として関わることになったのは、このような事情からだった。

父、松保は、日本大学に学び、若くして松江町の町会議員になった。この松江町が、昭和七年（一九三二）に小岩・小松川町と鹿本・篠崎・瑞江・葛西村の三町四村の合併によって江戸川区になると、区会議員。そして初代の区会副議長、昭和十二年から同議長を務めた。

戦後の混乱からの再出発を期した昭和二十二年四月の最初の地方自治法による江戸川区長選挙に立候補して当選した。公選つまり区民による選挙で誕生した初の江戸川区長となった。

選挙戦では自宅が選挙事務所になって大勢の人が出入りしていた。街頭演説をしている父の様子をこっそり見に行ったこともあった。当時の選挙だから、ノボリを立て、大きなタスキをかけて演台に上って演説をする。子どもの私には演説の内容はよくわからなかったが、父がいつもはしないような深いお辞儀を何度もしている姿が強く記憶に残った。

江戸川区長を二期八年務めた昭和三十年（一九五五）に父が入院した。その三年前に地方自治法の改正によって区長公選制が廃止され、「議会が選任・都が任命する」形に変わっていた。戦後縮小した都の権限を拡大させる動きが強まった結果だ（この権限を巡る綱引きは昭和五十年に再度、区側が区長公選制を引き戻して今日に至っている）。ちょうど区長公選・議会選任の端境期、父は過去の実績を評価されて、議会選任による三期目も確実視されていたようだが、風邪をこじらせて護国寺近くの東大病院小石川分院（文京区目白台）に入院し、しかも五月七日、膿胸《のうきょう》（化膿性胸膜炎）による心臓衰弱で急逝してしまった。私が十八歳のときだった（父が亡くなった東大病院小石川分院は廃院となり、跡地には仮称「東京大学目白台国際宿舎」が建設される予定という）。

父の葬儀は「江戸川区民葬」として都立小松川高校の講堂で執り行われた。まだ、五十七歳だっただけに、その死を惜しみ、悼む人が多かったと思う（江戸川区では七月に議会選任で佐藤富一郎区長が誕生）。

父は前述のように非常に酒好きだった。大酒飲みといった方がいいかもしれない。日頃は穏やかで優しい父だったが、酒が入ると怖い父に変わってしまうこともあった。五十代の若さで、志半ばで急逝してしまったのも大酒のせいだったのではないかと思っている。成年する前に亡くなり、私は「父と酒を酌み交わす」経験はしていないから、酒飲みの父を見る目や印象は、子ども時代のまま厳しい、という面もあるかもしれないが……。

父が小学生の私をビアホールに連れて行ったことがあった。敗戦直後の昭和二十一年か二十二年のことだった。焼け残った亀戸のビアホールのテーブルに着くと、私の前にもジョッキが置かれた。父は自分のジョッキを素早く手にしてビールを一気に飲み干すと、空のジョッキを私の前のジョッキと入れ替えた。店のビールは配給制で、「客一人ジョッキ一杯」を出していたのだ。だから子どもの私をこんなところに連れてきたと合点した。

私も酒は嫌いではないが、人が変わってしまうような陰にこもる酒はよいとは思えない。だが、父が生きたのは子どもの私が体験し、感じてきた以上に苦難に満ちた時代だった。戦争と敗戦により、生き方、価値観の大転換を迫られた。混乱や疲弊は想像を絶するものがあっただろう。江戸川区長時代も苦難の連続だった。区長に就任した年(昭和二十二年)の九月にはカスリーン台風に見舞われ、区内二万戸が床上浸水（一万戸が床下浸水）、被災者十三万人を超えるという歴史的な大被害を受け、天皇陛下も視察に訪れるほどだった(「人間宣言」をしたばかりの陛下を迎える区長としての緊張感も大変なものがあったと思う)。当時の江戸川区の世帯数約四万五千、人口約十七万人である。大半の区民が被災者になった。もちろんわが家も洪水に直撃され、床上浸水した泥水が二週間も引かなかったが、区長としては自分の家より大多数の罹災区民のために動き回っていたと思う。その復旧の途上の二年後の二十四年にはキティ台風に襲われ、六万二千人が罹災した。

戦災からの復旧復興をめざすさまざまな取り組みの過程で、江戸川区史にも特筆されているこの二大台風に襲われ、陣頭指揮を執っていた区長の双肩にはとてつもない重圧が掛かっていたであろうことは容易に想像がつく。

東京大空襲で区役所（小松川三丁目）が焼失し、都立第七高等女学校を仮庁舎にしていたが、二大台風の間の年（昭和二十三年）の十一月、現在の地（中央一丁目）に本庁舎が落成した。また、戦後の人口増に対応させるための区の施設も次つぎに建設して復旧復興を進めた。このような公務のほかに、個人的には過酷な税率の財産税など、父には悩みごとが山ほどあったはずだ。それらも父をより酒に向かわせる要因になったのではないかと思う。

ただ、そのような時代でも、父は、私が現在会長になっている江戸川区美術会の立ち上げに動いた画家をバックアップしたり、また現在大きな組織になっている江戸川区書道連盟の初代会長になったりもしていた。また、第二部で詳しく述べる「江戸川区文化祭」を始めた区長でもあった。道半ばで倒れることになったが、ふるさと江戸川区の再建や復興に加え、文化の振興にも心を砕いていたことを、のちに改めて知った。

西小松川の家は、いつも来客が多く、母、文子（明治四十三年十二月生まれ）が応対に動き回っている姿が印象に残っている。台所の樽の酒もよくふるまっていた。父は、子育て、教育は母に任せきりだった。子は五人（男三人、女二人）で、私は三男。現在、私と二女順子以外は他界している。

父が亡くなった後、母は茶道をするようになっていた。晩年は正座ができなくて茶会も開けなくなったが、それまでは家で師範として教えていた。その母は平成五年（一九九三）三月に八十二歳で亡くなった。

子どもの頃のことで思い出すのは、毎年十月一日、父、松保の誕生日。母は朝から土間の大きなかまどで赤飯を炊いた。それを私が自転車で近所の親戚に配って歩いた。私自身、誕生日祝いなどしたこともないから、この思い出が強く残っている。母は律儀な人だったと思う。

石橋湛山元首相を支えた政治家、島村一郎さん

親戚にものを届けるといえば、父、松保でもう一つ、記憶に残っているのが狩猟のことだ。父は若い頃、乗馬や剣道などに励んでいたと聞いた。それに狩猟を趣味にしており、現在は禁漁区になっているだろうが、東京湾の葛西や浦安沖、それに福島県などに出掛けて行って、カモなどを撃ってくることがあった。

「これを届けてくれ」とその獲物を渡され、やはり私が自転車に乗って親戚などを回った。よく届けた先が荒川放水路（現・荒川）に架かる小松川橋を渡って行った小松川町平井（現・

江戸川区平井）の島村一郎さんの家だった。

島村家は小久保家の遠縁にあたる。一郎さんの六男が、小泉内閣で農林水産大臣などを務めた島村宜伸元衆議院議員だ。父の地盤を継いで政治家になった。

島村一郎さんは、明治二十七年（一八九四）生まれだから、父、松保より三歳上だった（昭和五十二年死去）。だから父は、一郎さんを「兄《あに》さん」と呼んで慕っていた。狩猟仲間でもあったようだ。一郎さんは戦前、小松川町の町長を務め、江戸川区が誕生したときの初代区会議長（父、松保が副議長）、その後、東京府会議員、東京市会議員になり、戦後、国政（衆議院）に進出した。

一郎さんは、狩猟の獲物を届けに行ったときも、その後、成人してからも、私のことを「お前さん、お前さん」と呼んで、いつも親切に応対してくれた。議員会館の食堂で鰻重をご馳走になった思い出もある。パリに留学に行くとき（昭和三十五年）には相談にも行った。汚職のようなことには全く縁のない清廉な人で、政治家らしい押しの強さや脂ぎったところのない人だった。自民党衆議院議員として当選十二回を重ねたが、大臣を歴任した後継者の宜伸さんとは異なり、議会委員長は務めたが、大臣のイスに座ることはなかった。

それは師と仰ぎ、また、もっとも信頼もされていた石橋湛山《たんざん》元首相が早逝してしまったことも影響したかもしれない。

私がカモを届けていた当時、島村家には現職の大蔵大臣だった石橋湛山さんが夫人とともに居候をしていた。そのような関係にもあった石橋さんは戦前、東洋経済新報社の主幹・社長を歴任したジャーナリストで、軍閥政治家を批判するなど大正デモクラシーのオピニオンリーダーとして名を轟かせていた。日中戦争の開始後は、戦争の長期化を懸念し、それを戒《いまし》める論陣も張った。終戦直後、吉田茂首相に乞われて第一次吉田内閣（昭和二十一年五月～）の大蔵大臣に就任した。民間からの入閣だった。

その石橋さんは、戦災で家を焼け出され、その時期、夫婦で島村一郎家の厄介になっていたのだ。島村邸には奥に広い二間の応接室があった。自宅が再建されるまで、その仮住まいを続ける一方、島村さんは、その石橋蔵相の大臣秘書を務めていた。

石橋さんはその後、公職追放された時期もあったが、鳩山内閣で通商産業大臣、そして昭和三十一年（一九五六）に自由民主党総裁選で岸信介氏（安倍晋三首相の祖父）を破って総裁、総理大臣の座を射止めたが、その直後、病に倒れて僅か二カ月で辞職した（それを受けて岸内閣が誕生）。ずっと後、島村さんが石橋元首相から贈られたという小杉放庵（のちに放菴）の「鳥」（雀）の絵を見せてもらったことがある。夫婦で世話になった礼ということなのだろう。

島村一郎さんが昭和五十六年（一九七六）に引退し、その地盤を継いだ宜伸さんの後援会（伸興会）の会長には私が就任した。一郎さんは、宜伸さんの政界進出には当初、反対だった。「政治は世襲ではない」との持論によるとの説もあるようだが、当時は「金のかかる選挙」で、一郎さんは常に選挙資金で苦労をしていたことから「政治家なんかになるもんじゃない」との思いが強かったからだと私は思っている。選挙を何度もやれば「資産がなくなって井戸塀しか残らない」というのが当たり前の時代だった。なかには逆に政治で資産を蓄えて「逆さ井戸塀」などと評された政治家も少なくなかったのだが。

父、一郎さんの後継者となった宜伸さんは、初当選を果たし、その後、苦杯をなめたこともあったが、当選を重ねて文部大臣、農林水産大臣も歴任。平成十七年（二〇〇五）には「衆議院議員在任二十五周年」表彰も受けた。私も本会議場の傍聴席でその姿を見つめた。父、一郎さんも同じように二十五年表彰を受けている。宜伸さんは授章者を代表して、一郎さんの話も盛り込んだ感慨深い挨拶を行った。奥さんへの感謝の言葉を述べるくだりでは言葉を詰まらせたことが印象に残っている。私の妻とも非常に仲のよかった奥さんは、その後、先に亡くなってしまった。

宜伸さんは平成二十一年の政権交代を招いた総選挙で敗れ、その後、政界引退を表明した（一郎さんの秘書から区議、都議になっていた大西英男さんが地盤を継いだ）。

宜伸さんは引退後の平成二十三年に日本相撲協会が八百長問題の再発防止策を審議するために設置した「大相撲新生委員会」の委員長になって改革案をまとめた。昨今の「相撲人気」の復活を目にすると、相変わらずトラブルの多い世界ではあるが、それも高く評価されていいのではないかと思う。

第2章

芸術、美の巨人たちの世界へ

著者の作品を見る岡本太郎さん（1956年、銀座・サトウ画廊）。
岡本さんはパリ留学前に送別会も（右端が筆者＝1960年8月、銀座）

大作曲家、古賀政男さん邸に出入り

父の誕生日、母が朝から炊いた赤飯を自転車で親戚に配って歩いた話を書いた。届けた先には西小松川の母の実家の川野家もあった。母の父、川野浜吉さんは、私が物心のつく前に亡くなったため写真でしか顔を知らないが、若くして小松川村の村長になり、府会議員も務めた。小松川信用金庫の前身、小松川町信用組合の創業組合長でもある。小松川信金は現在、江戸川区に本店を置く唯一の金融機関になっている。

その浜吉さんの孫で、私の従兄の川野安道さんは江戸川信用金庫（現・朝日信用金庫）の理事長を務めた。安道さんは大正九年（一九二〇）十二月生まれだから、私より十六歳上で、子どもの頃からかわいがってもらった。その関係がずっと続いたので、大作曲家の古賀政男さんなど、素晴らしい出会いももたらされた。それを述べる前に、地元の金融機関についてもう少し見ておくと、資産家の川野家の不動産管理などの家業を継いだ川野さんは、江戸川信用金庫に就職したあと、支店長などを経て理事になり、昭和五十二年（一九七七）には理事長に就任して地域金融の担い手になった。当時の金融機関の年鑑の「川野理事長評」に「人づきあいの良い人で、目上、目上の分け隔てなくつきあうので、地元の若い人にも人気がある」と記されている。私との関係でも、まさにそのような人だった。

信用金庫を退いた後、江戸川区のボランティア団体の長なども務め、のちに私が会長になる八代目橘家圓蔵を励ます会の会長なども引き受けてもらっていたが、平成二十年に亡くなった。

江戸川信金は、金融再編成が進み、平成十四年に共積・文京信用金庫とともに朝日信用金庫（本店・台東区）に吸収された。

いま都立江戸川高校の北に「江戸信横丁商店街」の表示を掲げた通りがある。船堀街道から奥に入ると大きなアルファベット表示のアーチもある。かつて江戸川信金の支店があった横丁で、商店も五十軒ぐらいあり賑わっていた。現在はわずかな商店と信金由来の名前だけが残っている。これもこの地域の金融再編史の痕跡の一つということになるだろうが、私も金融機関の理事長経験者（第5章参照）として感慨深いものがある。

なお、この江戸川信金の前身は、大正十二年に発足した松江村信用組合である。それが戦後、江戸川信用組合、さらに同金庫となるが、本店は江戸川区松江三丁目に置かれていた。その信組の組合長を務めていたのが中里喜一元江戸川区長の叔父の中里民平さんだ。

民平さんは私の父、松保とは従兄弟の関係にあった。

また、この江戸川信金の川野さんの前の理事長が、中里元区長の従弟の中里誠一さん（民平さんの長男）だった。誠一さんは理事長を退いた後、第1章で述べた学童疎開の縁から、戦後進めている江戸川区と山形県鶴岡市との交流のための「江戸川鶴岡連絡会」の会長を務めていた。

この江戸川信金の経営に携わる前の川野安道さんが、高校生（都立両国高校）だった私を古賀政男さんの代々木上原の豪邸に連れて行ってくれた。この大作曲家との思いもよらない出会いが、私の人生のその後に大きな影響を与えるものになった。

古賀政男さん（一九〇四―一九七八）はすでに「影を慕いて」「丘を越えて」「酒は涙か溜息か」「湯の町エレジー」などの数々のヒットを飛ばしていた大作曲家で、その名声や「古賀メロディ」は高校生だった私でもよく知っていた。そんな大作曲家に出会い、親しく話をするようになった。そして古賀さんが私の人生の大恩人の一人になった。

従兄の川野さんと渋谷区代々木上原の古賀邸を初めて訪問したのは昭和二十九年（一九五四）の暮れだったと思う。古賀邸はまさに絵に描いたような「丘の上の豪邸」だった。いまは古賀政男音楽博物館（古賀政男音楽文化振興財団が運営）になっている。大きな石の門を入って邸宅の玄関まで敷石の道を数分歩くような広い屋敷だった。

最初に訪問したのは明治大学マンドリン倶楽部のOBや弟子仲間の内輪の忘年会のときだった。当時の明大マンドリン倶楽部は、定期演奏会に多数の聴衆を集める花形の学生バンドだった。古賀さんは在学中に倶楽部を創設したメンバーの一人で、定期演奏会で発表した「影を慕いて」が、のちに大ヒットした。戦前の話だが、それが、古賀さんを大作曲家にする第一歩になったのだから、マンドリン倶楽部は古賀さんの道を切り拓いた重要な場であった。

このよう話は川野さんから何度も聞いたと思う。川野さんはこの明大マンドリン倶楽部のOBで、古賀さんの弟子の一人である。古賀さんは明大卒業後も倶楽部の指導を続け、その薫陶を受けた川野さんは戦時下の昭和十八年に卒業した。同年六月、川野さんらの卒業生が参加した創部二十年記念の第四十回定期演奏会をもって明大マンドリン倶楽部は解散を余儀なくされた。演奏会は卒業生や在校生を戦地に送る会になってしまったのだ。

このような悲しい歴史もあったが、戦後すぐ倶楽部も定期演奏会も復活し、やはり演奏会で発表された古賀さんの「湯の町エレジー」が近江俊郎さんの歌で大ヒットし、「古賀メロディ」が戦後も健在であることを示すことになった。

古賀さんを師と仰ぎ、「人生で最も大きな影響を受けた人」とよく言っていた川野さんは、卒業後も古賀さんと親しく付き合っていた。古賀さんは川野さんのことを、安道から「やっちゃん」と呼んでかわいがっていた。実子のいなかった古賀さんは戦時中、「やっちゃんを養子にもらいたい」と申し込んだという。しかし、それは川野家に跡取りがいなかったので実現しなかった（のちに川野さんの同級生の通人さんが養子になった）が、親しい関係は続き、川野さんが江戸川信金理事長になってからも資産運用などで助言することもあったようだ。古賀政男音楽文化振興財団の理事にもなっていた。

古賀さんの豪邸を初めて訪問したときの私は、あまりの別世界にたじろぐばかりで、大勢の大人が歓談する部屋の隅で小さくなっていた。ただ、信頼厚い川野さんの従弟ということから、古賀さんは未成年の私にも親しく話しかけてくれた。一人前に扱ってもらえることが嬉しかった。その古賀さんが、私を二科会の重鎮だった東郷青児さんのところに連れていってくれたのだ。

美空ひばりの「柔」誕生の瞬間にも

古賀さんの大邸宅には当時、すでに養子縁組みをしていた通人さん（のち古賀プロダクション社長）と丈晴さん（作曲家）の二人が同居していた。長男の通人さんは川田さんの親友で、明大マンドリン倶楽部の同期のメンバーだった。

丈晴さんは終戦の年に古賀さんに弟子入りしてギターと作曲を学んだ。その後、女優の山本富士子さんと結婚して山本家の婿養子になった。日本を代表する美人女優との結婚はマスコミを大いに沸かせたが、その前だったたから、当時の丈晴さんは古賀邸でレッスンを受けたり、逆に孫弟子に教えたりしていた。通人さん、丈晴さんと一緒に広いダイニングキッチンで食事をしたこともあった。

古賀さんで強く印象に残っているのは大変な宝石好きだったことだ。薬指や中指など、いくつもの指にいつもダイヤやヒスイなどの指輪をしていた。

「晴行ちゃん、これ見てご覧。最近、和光で買ったんだよ」

ニコニコしながら、ダイヤの指輪をはめた手を差し出して見せてくれたこともあった。

宝石の話をしているときが何より嬉しそうだった。見たことのない大きなダイヤやエメラルドを見せてもらった。ギターを弾くときにはそれらを外した。和光はじめ高級宝飾店の人たちがよく出入りしていた。古賀さんが亡くなった後、あるノンフィクション作家が「あの宝石はどこへ行った？」と書いているのを読んだ記憶もある。「古賀先生はお金持ちだから、作曲家仲間が先生のところに行くと何とかしてくれる。だからみんな頭が上がらない」といった話を耳にしたこともあった。

古賀邸に出入りしていた時期から十年以上のちの昭和四十一年（一九六六）十月。私は、パリに留学した後、帰国して芸術・絵画の世界から軌道修正をして会社経営に打ち込み、それが軌道に乗り始めた頃に結婚した。人並みに麻布にあったプリンスホテルで結婚披露宴を開くと、古賀さんも参列してくださった。そのとき祝辞をお願いすると、古賀さんはひと通りの褒め言葉のあと、いきなり「〽勝つと思うな、思えば負けよ」のあの「柔《やわら》」の一節を歌い出した。これには私も出席者も驚いた。

その結婚披露宴に参列していただいた方、古賀さんや岡本太郎さん（後述）はじめみなさんに、一〇〇号の大きなキャンバスに記念の寄せ書きをしてもらった。古賀さんはそこに、「音楽和也」と力強く揮毫《きごう》してくださった。

古賀さんは、戦前から北米や南米を訪問し、在外邦人の間でも「古賀メロディ」の人気が高く、カリフォルニアなど米西海岸に弟子や知人が多かった。昭和四十年代に、ロータリークラブの国際大会に出席するために、川野安道さんと訪米した際、在米秘書役の案内で、ビバリーヒルズの見晴らしの素晴らしい広大な別荘に宿泊したこともあった。

私がパリ留学中、大変お世話になった画家の星崎孝之助さん（第3章参照）がパリを引き払い、帰国して間もなく、「ベルナール・ビュッフェの名品があるが、古賀先生のコレクションに加えて貰えるように小久保さんから話してくれませんか？」と依頼されたことがあった。古賀さんに話をすると、「いいよ」とふたつ返事だったので、代々木上原に届けに行ったことも思い出す。八〇号くらいの風景画（油絵）で、かなりの値段だった。

昭和五十三年（一九七八）七月、古賀さんが七十三歳で亡くなった。翌月、王貞治さんに次いで二人目の国民栄誉賞が贈られた。首相官邸の授与式には古賀さんの遺影を胸に古賀通人さんと山本丈晴・冨士子夫妻が出席し、当時の福田赳夫首相から賞を受ける姿が写真付きで報じられた。

一周忌法要は杉並区永福の築地本願寺和田堀廟所で執り行われた。暑い日だった。なかなか始まらない。「随分待たせますねえ」と何気なく隣の席の人に声を掛けると、「そうですねえ」と低い女性の声が返ってきた。聞き覚えのある声だった。ベールからのぞく横顔を見ると美空ひばりさんだった。その日、ひばりさんは中途から仕舞いまでずっと泣き通しだったのが強く印象に残っている。

ひばりさんといえば、古賀邸に伺ったとき、古賀さんが嬉しそうに「これから、ひばりが来るんだよ」と言って手書きの楽譜を見せてくれたことがあった。ひばりさんと新曲を出すということだったが、そのときの楽譜が、私の結婚披露宴で歌ってくれた「柔」だった。

それはいつ古賀邸に伺ったときの記憶か定かでなかったので、古賀さんの年譜などを確認すると、「柔」のレコード(シングル盤)は昭和三十九年(一九六四)十一月発売、半年ほどで百八十万枚を売り上げ、翌年の日本レコード大賞の大賞を受賞したとある。私がパリ留学から帰国したのが昭和三十八年だから、それ以降で、曲をリリースする昭和三十九年十一月の前ということになる。高校生時代とは違って何かの挨拶に伺ったときのことだと思う。ひばりさんとの仕事を古賀さんがとても喜んでいたことを憶えている。ひばりさんの歌を作るのは何年かぶりで、ひばりさんの方はこの年、小林旭さんとの一年半ほどの結婚生活にピリオドを打って再出発を期していた時期だった。そのようなときに、ひばりさんとしても最大のヒットを飛ばした。その後もコンビで多くの楽曲を手掛け、「悲しい酒」がやはり大ヒットした。二つの巨星の結び付きは素晴らしい成果を上げたのだ。振り返ってみると、私はその歌謡史の歴史的な瞬間にたまたま立ち会っていたのかもしれない。

当時、古賀邸の広い庭にあった大きな庭石のうちの二つを後年、私がいただいて、現在、江戸川区のわが家の庭にある。その石を見ると古賀さんや当時のことを思い出す。

二科会の重鎮、東郷青児さんのアトリエに

人との出会いは、人生における大きな分岐点に導いたり、行路を切り拓いたりするものだ。私の人生でも、古賀さんとの出会いなどが、まさにそういうものであったと思う。

私は、中学生のときには数学が好きだった。かわいがってくれた数学の長浜先生の影響を受けて、微分積分などが得意になり、成績もよかった。絵も好きになり始め、マチス、ブラック、ピカソ、モディリアニなどの現代の画家の作品を見ては「いいなあ」と思い、憧れるようになった。都立両国高校時代は美術クラブに入った。先生が褒めてくれて、「小

久保君の絵は、静物なら静物、風景なら風景の裏側までよく描けている」と言われたこともあった。

絵を描くようになって私が現代作家で特に影響を受けたのが、フランス人画家のフェルナン・レジェ（一八八一―一九五五）だった。ピカソと同世代の人で、キュビズム運動に参加し、のちに機械文明を表現する明快な構図によるダイナミックな独自の画風を打ち立てた。明確な輪郭線の力強い表現が印象に残る画家だ。ステンドグラスや舞台装飾なども手掛けた。

私を古賀さんのところに連れて行ってくれた川野さんから、私が絵を描いているという話を聞いた古賀さんが、目の前で受話器を取って「先生、大事な子どもですので、よろしくお願いします」と頭を下げていた。私は小さくなって座っていた。電話の相手が二科会の総師で、長く会長を務めた東郷青児さんだったのである。古賀さんはすぐ杉並区久我山の東郷さんの自宅兼アトリエに連れて行ってくれた。養子の通人さんが運転するキャデラックで、古賀さん、川野さんと向かった。井の頭線の久我山駅の近くだった。畑が広がっている中に建つ大きな家が東郷さんの自宅兼アトリエだった。いまはすっかり住宅街に変貌している。

東郷青児さん（一八九七―一九七八）は戦前、十代で二科展に入賞、その後、フランスに留学し、多くの欧州の画家たちと交流して帰国後、滞欧作が高く評価され、二科会会員に推された。二科会は戦時下に解散を余儀なくされたが、戦後、再建の中心メンバーとして尽力したのが東郷さんだった。私が訪問した後の昭和三十六年から亡くなるまでの十七年間、二科会の会長を務めた。柔らかな曲線と色調の抒情味あふれるデフォルメされた人物画、特に美人画は当時大変な人気を博していた。装飾的でもあったから雑誌や本の装丁、挿絵、カレンダー、包装紙など、さまざまな形で印刷・発行されていた。その作品を一度も目にしたことのない人はいないのではないかと思う。存命中の昭和五十一年（一九七六）に西新宿の高層ビルに安田火災東郷青児美術館（現・東郷青児記念 損保ジャパン日本興亜美術館）を開館。昭和五十三年四月、二科展（熊本県立美術館）出席のために訪れていた熊本市で急性心不全のため死去。八十歳だった。

と、東郷さんの人物紹介をしてみたが、高校生だった私の目の前に現れた東郷さんは、それまで抱いていたイメージとはかけ離れた人だった。柔らかな曲線と色調の作品からの連想とは異なり、がっしりした体格で、顔も浅黒く、武術家のような雰囲気だった。過去に女性とのトラブルから自殺未遂まで起こしていたことも知っていたから、その先入観とはまったく違う感じなのに驚いた。恐いような印象さえ受ける人なのだ。私がまだ子ども（高校生）だったせいもあると思う。思い出してみると「政界の團十郎」と呼ばれていた佐藤栄作元首相のような風貌で、睨まれるとすくんでしまいそうだった。

だが、実際の東郷さんは親切に応対してくれた。古賀さんが「よろしく」と言って連れて行ってくれたおかげだ。

「そうですか。いつでも来なさい」

という言葉に甘え、私はそれからしばしば東郷邸を訪ねた。大きなキャンバスを抱えて、新小岩から電車に乗って吉祥寺まで行き、井の頭線に乗り換えて久我山に行った。

東郷邸では、アトリエで弟子も絵を描いていた。母屋に行くと一人娘の東郷たまみさんがコタツに当たっていることもあった。たまみさんは昭和十五年生まれだから私より四歳下で、まだ中学生だったと思う。ただ、彼女は売出し中の歌手としても活動していた。その歌手活動のために古賀さんのところに通ってレッスンを受けていたのだ。古賀さんが直接指導していたのか丈晴さんが稽古を付けていたのかはわからないが、古賀さんはその小さな弟子のためにすでに楽曲（「若き日の夢」など）も提供していた。このような縁があって、古賀さんは絵を描いているという私を東郷邸に連れて行ったのだ。

私は家で描いた絵を抱えて東郷邸に行き、アトリエでそれを見てもらっていた。いまから考えると父親と同じ明治三十年生まれの二科会の総帥に対して随分大胆なことをしていたものだと思う。汗顔の至りともいえるが、そこは右も左もわからない高校生の振る舞いであり、古賀さんが「大事な子ども」と言ってくれていたおかげで、東郷さんは黙って絵を見てくれた。ただ、「先生、今度、これを」と見せると、「ああ、そうか」で、いわば一瞥してお仕舞いである。当然、批評や感想らしきことを口にすることはなかった。私はもちろん見てもらうだけで嬉しかった。

母屋のコタツで昼食をご馳走になることもあった。二科展に出品することは自分で決めて「出します」という話をした。だが、それ以上の要件はないし、父親と同世代の東郷さんに話し掛けたくても話題もないから、黙ってご馳走になり、コタツに当たっているだけのことが多かったと思う。

だが、この経験が二科会への親しさを増して、出品や創作の意欲を高めた。自分は「芸術、美の世界に足を踏み入れている」という気持にもなっていた。

垣間見たエンターテインメントの世界

東郷さんの一人娘の東郷たまみさんは、子どもの頃からソロでジャズなどを歌っていただけでなく、昭和三十一年（一九五六）には朝丘雪路、水谷良重（のち二代目水谷八重子）とのトリオで「七光り三人娘」として売り出して話題になっていた。朝丘雪路は日本画家の伊東深水の娘、水谷良重は初代水谷八重子の娘ということからの開き直った命名だった。美空ひばり、江利チエミ、雪村いずみの三人娘のようにはいかなかったが、それなりに話題になって売れ、みなが十代で活躍した後、それぞれの道に進んでいった。

後で調べてみると、たまみさんは私と同じ昭和三十五年（一九六〇）に海外留学（アメリカのＵＣＬＡ）。三年後に帰国して画家としての活動を再開し、二科展で受賞して二科会会員に推され、国内外に活躍の場を広げていたが、平成二十八年に亡くなった。時の流れは実に早い。

「二科会のドン」と呼ばれた東郷さんで特に印象に残っているのは、東郷さんのパフォーマンスだ。二科展を盛り上げるために、さまざまなパフォーマンスによる宣伝を行っていた。自宅の広い庭に弟子たちを集めてハワイやタヒチの先住民のような格好をさせて気勢を上げたり、街頭パレードをしたり、二科展の会場だった上野の東京都美術館（平成十九年からは六本木の国立新美術館）に繰り出させるようなことをしていた。マスコミは面白がって取材し、それを記事にした。パフォーマンスによる話題の提供だ。展覧会を一種のショーにして関心を集め、宣伝したのだ。前夜祭ではオープンカーによるヌードパレードを行ったこともあったようだ。世間の耳目を集めて二科展を宣伝するのに懸命だったのだ。

このあと述べる「芸術は爆発だ！」の岡本太郎さんのパフォーマンスも格別のものだったが、東郷さんは、その立案能力とともにマネジメント力も兼ね備えていた。そこが他の人との違いで、このような能力があったから二科会を再興して「ドン」と呼ばれる存在にもなったのだと思う。

古賀政男さんが当時、「晴行ちゃん、東郷さんと付き合うのは大変だよ」と言っていたことがあった。前述のように東郷たまみさんが古賀さんに歌を習っていた。そのお礼としてのお歳暮やお中元が半端ではない、「だから大変だよ」と、古賀さんが言ったのだ。東郷さんはそれだけ古賀さんに感謝をしていたということだろうが、古賀さんほどの人が「大変」と言うのだから、相当のものを贈っていたに違いないと思った。幸いというか、私はまだ若かったから、そのような付き合いはしなかったが、古賀さんの言葉が強く記憶に残っている。

東郷邸に通うなかで私のモチベーションは高まり、キュビズムなどを取り込んだ抽象画の油絵を懸命に描いた。昭和三十年春には読売アンデパンダン展（読売新聞社主催「日本アンデパンダン」展）に出品した。東京都美術館で開かれた無審査形式の展覧会だった（陳列方針などをめぐるいざこざなどから昭和三十八年で終了）。

この最初の出品の直後、父、松保が急死した。私は高校を卒業して、美術学校に入学していたが、学校より創作を優先させる生活をしており、同年秋に東郷さんの二科会に初めて出品した。それが入賞し、続く三十一年、三十二年と三年連続して入賞した。

この間、私の生活や行動に大きな影響を与えたのが岡本太郎さんとの出会いだった。

二科展入選から岡本太郎さんの「九室会」に

岡本太郎さん（一九一一－一九九六）は、「太陽の塔」や「芸術は爆発だ！」の言葉などで誰もが知る美の巨人といえる。作品も生き方、発言も前衛的で、エネルギーにあふれ、多くの日本人に影響を与えてきた。この巨人との初めての出会いは、十九歳のときだった。

昭和三十年（一九五五）九月の第三十回二科展の絵画部門に初入選したとき、私はその初日、喜びを胸に、会場の東京都美術館（上野）に行った。自分の絵はどこにあるのか探していくと「第九室」に飾られていた。そこは他の部屋とは雰囲気がまるで違っていた。多くの新聞社の記者が集まっていた。その中心で質問に答えていたのが岡本太郎さんだった。そのときが初めての出会いになった。

部屋には、私の「音楽の印象」というタイトルを付けた入選作などとともに欧米の有名な画家の抽象画が展示されていた。のちに知ることだが、二科展の展示室「第九室」には伝統的に抽象画が展示されてきたが、この年は、岡本さんが特別にフランスの仲間の画家に依頼した前衛的な作品や日本の若手作家の抽象画などを集めた「特別室」として展示されていた。それがマスコミから「太郎部屋」と呼ばれ、注目を集めていた。その若手作家の作品のなかに、私の入選作も加えられていたのだ。

「第九室」に展示されていたのは、フランスのアントニ・クラーベ、ジャン・アトラン、アメリカのサム・フランシスなどの海外の有名画家の作品、そして多賀谷伊徳、藤沢典明といった日本の抽象画の作家の作品だった。そのなかで何の実績もない私の作品は、たまたま岡本さんの眼鏡にかなって同じ部屋に展示されていたのだ。岡本さんは当時、すでに『太陽の季節』で文壇デビューしていた作家の石原慎太郎さんと共に時代の寵児となり、毎日のようにマスコミを賑わせていたという強い印象がある。その岡本さんに認められたのだ。

二科展の初日は、人の輪の中心の岡本さんの前に進んで、十九歳なりの簡単な挨拶をしただけの初対面だったが、時間が経つにつれ、身体中から喜びがこみ上げてきた。

そしてこれを機に私は岡本さんを囲むグループに入っていった。グループは、藤沢典明さんなど、「第九室」に作品が展示されていた若手画家中心の集まりだった。最ベテランが多賀谷伊徳さん（一九一八―一九九五）で、すでにパリで個展を開くなど内外で活躍していた。岡本さんの誘いで二科会に出品し、以降、岡本さんと行動を共にする。後述するように、私は一緒にグループ展を開いたこともある。

なお、二科会には戦前の昭和十三年（一九三八）に結成された「九室会」の歴史がある。「第九室」に陳列されてきた前衛的、先進的な画家三十六名が結成した会だ。顧問としてその活動を後押ししたのが東郷青児さんと藤田嗣治さん（第3章参照）だったが、世間の反応は冷ややかで、時局を反映させる「戦時表現」を求める傾向が強まり、二年後に活動停止を余儀なくされた。「太郎部屋」はそれの復活というわけではなかったが、過去に苦い経験も味わった二科会トップの東郷さんが、時代を先取りして先鋭的な表現や活動を追求する岡本さんの企画を喜んで後押ししたであろうことは想像に難くない。

ただ、岡本さんの活動エネルギーは、やがて二科会の枠からはみ出していく。私の二科展への出品も三年連続入賞でピリオドを打った。岡本さんの活動に賛同して行動を共にするようになって、二科会や恩ある東郷さんから自然に離れるようになってしまったからだ。

六回の個展と太郎さんの思い出

岡本さんのことを、仲間内では、親しみを込めて「太郎さん」とか「太郎」と呼んでいた。岡本さんは気さくな人で、グループの誰とも平等に付き合い、最も若かった私にも等しく接してくれた。私は「太郎グループの画家の一員」という気持ちになっていった。歳上の先輩方とも肩を並べて活動しているんだ、という若さゆえの気負いもあったと思う。

二科展に初入選した昭和三十年秋、神田神保町の三省堂画廊（現在は閉廊）で初めて個展を開いた。グループで動きながら、それからも個展を何度か開いた。文化財研究所（国立文化財機構に属する調査研究機関）のデータベースには当時の私に関する個展のデータがあった。

「小久保晴行抽象絵画展」　三省堂画廊　一九五五年十一月九日─同十四日

「九人展（早川昌、オチ・オサム、吉仲太造、多賀谷伊徳、中井勝郎、村上善男、藤沢典明、小久保晴行、芥川紗織）」　サトウ画廊　一九五六年七月十一日─同十七日

「小久保晴行、中井勝郎、村上善男、早川昌、須賀通泰五人展」　なびす画廊　同年十月二十三日─同二十九日

「3回小久保晴行絵画彫刻展」　サトウ画廊　一九五七年三月二十五日─同三十日

「早川昌、吉仲太造、村上善男、小久保晴行、芥川沙織展」　サトウ画廊　同年十一月十日─同十五日

「小久保晴行個展」　なびす画廊　一九六〇年六月二十八日─七月四日

サトウ画廊となびす画廊は、いずれも銀座にあった（現在閉廊。なびす画廊は次章参照）。私の記憶では、個人で六回開いたはずなので、これ以外に個展を三回開いたと思う。グループ展を開いたのは当然、太郎さんを囲むグループの人たちとだ。前出の多賀谷さんのようにすでに実績を上げていた人もいた。ほとんどの人は亡くなっているが、前衛画家として

名を上げた人もいる。

岡本さんは、グループ展や私の個展に必ず手みやげを持って見にきてくれた（章扉写真参照）。つまみを買って来て、ビールもおごってくれた。みなで銀座や渋谷に飲みにも行った。酒が入ると岡本さんはシャンソンを歌い、早口のフランス語で喋りまくり、へべれけに酔うまで止まらなかった。

岡本さんは、昭和の初め、東京美術学校を半年で退学して、両親（漫画家の岡本一平と歌人・小説家の岡本かの子）が渡欧する際に同行し、一人パリに残って約十年間、画家としてさまざまな活動を行うとともに、パリ大学に学んで民族学科を卒業した。

第二次世界大戦が勃発したので帰国し、二科展で滞欧作を特別陳列した後、召兵された。戦後も、美術界の変化を促すために文筆活動や講演なども通して広く問題提起を行っていた。当時、すでに戦後のフランスにも行っていた。パリで覚えたダンスも得意だった。

酔ってフランス語を交えながら「おれは女にもてない男だ」「家を建てるのにトヨタから借金しているんだ」などとも盛んに言っていた。開けっぴろげ、自由奔放だった。建てた家とは、高樹町（現在の南青山）の自宅兼アトリエのこと。現在は岡本太郎記念館になっている。四十三歳の昭和二十九年（一九五四）、つまり私が出会う一年前に完成したばかかりの家だった。そこにわれわれ若手を呼んで宴会も開いてくれた。当時としてはトマトやオレンジの入ったフランス風サラダが珍しく、とても美味だったことを憶えている。

このような会合でいつも幹事役をしていたのは前出の藤沢典明さん（一九一六—一九八七）だった。藤沢さんは私の結婚披露宴の司会もしてくれた。私と同じ年に二科展に初出品して入賞。当時は小学校の先生だったが、昭和四十三年に和光大学教授になった。岡本さんはじめ多くの人が二科会を脱退するが、藤沢さんは二科会の会員として長く出品を続けた。

あまり知られていないが、岡本さんはピアノが得意で、自宅でよく弾いていた。私には上手く聞こえた。軍隊時代に習ったという自動車の運転も得意にしていた。マスコミでは常識を超越した作風や言動で議論を巻き起こしていたが、われわれ仲間内では「太郎さんは常識人だ」ということになっていた。常識的か否かは相対的な問題で、当時のわれわれ若い画家連中は金銭的にかなりデタラメな生活を送っていたから、それと比べての評価ということになる。

あるとき岡本さんが私に「世間はオレを非常識な男のようにいうが、酒を飲んだらお金を払わなければダメだ、オレは払うよ」と諭し始めた。私が払わなかったということでなく、のちに若く亡くなった破滅型の洋画家がいつも問題を抱えていたために、引き合い出して諭したのだ。その画家は銀座のバーのツケをためて、店のママに督促されて岡本さんが一部肩代わりしたこともあった。「お前は、ああなるなよ」と若い私に言ってくれたのだ。

岡本さんには大抵、秘書の平野敏子（のち岡本敏子）さん（一九二六―二〇〇五）がついて、身の回りの世話をしていた。平野さんは雑誌記者出身で、岡本さんの本の多くを口述筆記し、その原稿を岡本さんが手直ししていた。岡本さんの字は後ろから誰かに追いかけられているような曲がりくねった字で、私の手元にも幾つか残っている。平野さんは、のちに岡本家の養女になり、岡本さんの死後は財団法人を設立し、本もたくさん書いてマスコミにも出ていたから、ご存知の方も多いだろう。二人は事実上のパートナーであった。

岡本さんとは赤倉や菅平、草津へスキーにも行った。赤倉には、芸術家や経営者が共同で建てたロッジがあった。私もそこで厄介になった。

草津の国際スキー場では、振子沢コースの頂上付近で岡本さんが転倒して足を骨折し、大騒ぎになった。東京に帰ってから岡本さんを病院まで連れて行ったこともあった。

岡本太郎記念館のホームページの「岡本太郎年表」には、「昭和三十六年（一九六一五十歳）4月　草津・白根山でスキー中に骨折。ギプスをはめられた足に着想を得て、彫刻《あし》を制作」と記されている。私はその前年からパリに留学していたのだから、「彫刻の制作」ならともかく、骨折した時期としては正しくない。骨折は私が日本にいたそれより前の年の話である。

パリ留学の夢を募らせる

岡本さんのグループとして活動していくなかで、私は昭和三十一年にアートクラブの会員、三十四年に日本美術家連盟の会員になった。

岡本さんが会長のアートクラブは、昭和二十八年に「美術家の国際交流と連帯を！」との岡本さんらの呼びかけで設立された。正式名称は国際アートクラブ日本支部で、デパートなどを会場に「世界・今日の美術展」などを開催していた。アートクラブの活動には私も大きな期待を寄せていたが、次第に尻つぼみになってしまった（昭和四十年以降、ほとんど活動がなく、のち解散）。岡本さんは、企画力、創造力では爆発的なパワーがあったが、マネジメント力となると疑問符が付くことが多かったと思う。この点は東郷青児さんとは違っていた。

新しい芸術運動と期待したアートクラブの活動が腰砕け状態になるとともに、私は何が何でもフランスに行こうと考えるようになっていた。やはり、芸術、絵画の本場はフランス、パリだ。東郷さんも岡本さんも、そこで学んだ。パリに行かなければ何も始まらないのではないか。このような思いを強く抱き始めていた。

当時の私の生活は、いま考えてみれば、随分いい加減なものだったと思う。美術学校に入ったが、ほとんど行かないで、岡本さんのグループに入って、このまま画家の道を進んでいけばいいぐらいの気持ちでいた。いまでいえばフリーターの状態といえるだろうか。教師をしながら画家の道を歩んでいる人も少なくない。だが当時の私は、そのような行動はまったく考えていなかった。だから絵を描き、個展を何度も開きながら、「パリに行こう」との思いを日々募らせていた。しかし、当時の日本では、そう簡単に外国に行かれない。外貨の持ち出し制限もあり、私費留学でも容易ではなかった。それでもフランス語会話の学校に通い、ベトナム生まれのフランス人女性の先生に付いて、フランス語の勉強も行っていた。

渡仏できたのは昭和三十五年（一九六〇）。二十四歳のときだった。岡本さんに出会い、そのグループと交わって五年がたっていた。岡本さんには外貨申請の保証人になってもらった。岡本さんは、銀座裏の小料理屋で送別会を開いてくれた。

岡本さんは二科会内部で改革を進めていたが、私がパリにいた昭和三十六年（一九六一）に東郷青児さんと袂を分かち二科会を脱会した。多くの人が行動を共にしたが、みなが従ったわけではない。岡本さんはそもそも囲い込みをするような人ではなかった。自由人だった。

私は前述のようにフランスから帰国した三年後の昭和四十一年に結婚をした。そのときに平野さんと一緒に披露宴に出て挨拶をしてくれた。その後、昭和四十五年（一九七〇）の大阪万国博覧会のテーマプロデューサーを引き受け、「太陽の塔」を創り、岡本太郎の名は戦後日本の経済復興と高度成長の象徴のようにさえなった。

平成に入って晩年になると「認知症になって寂しい」と平野さんから聞いた。信用組合の理事長になっていた私は、岡本さんと親しいことを知っている人たちから、講演を頼んでほしいなどとの依頼もあり、平野さんとはよく連絡を取り合っていたのだ。

平成八年（一九九六）、岡本さんは八十六歳で亡くなったが、生前、絵をあまり売っていなかったから散逸せず多くが残った。それらの多くは、岡本さんが生まれた母・かの子の実家があった川崎市に寄贈し、立派な川崎市岡本太郎美術館になっている。南青山のアトリエ兼自宅も岡本太郎記念館として公開されている。その作品（油絵）は、いまや途方もない価格になっている。私が持っている作品といえば、前述の結婚式の時に一〇〇号のキャンバスに古賀政男さんと一緒に描いてくれた即席の寄せ書きと何かの時にもらったリトグラフ（石版画）一枚だけである。

第3章 パリの留学生

パリ留学時代、大学（ソルボンヌ）近くのリュクサンブール宮殿（公園）で（1962年12月）と最初の下宿先で（1960年12月）

出迎えてくれたパリ在住の日本人画家

私は、昭和三十五年（一九六〇）九月から昭和三十八年（一九六三）七月まで、フランス・パリに留学した。昭和三十五年といえば、「六〇年安保」改定をめぐって六月の成立まで国会周辺は異様な混乱を続けていた。国内の政治的な対立構造が一挙に噴出したのだが、その後、登場する池田勇人内閣による「所得倍増」政策によって国民の関心が経済（成長）の方向に大きく傾いていった端境期でもあった。日本国民はまだ貧しく、一ドル＝三百六十円（固定相場）時代で、外貨（ドル）の持ち出し制限があり、海外留学もいまのように簡単ではなく、時間はかかったが多くの人の支えによって実現できた。

パリの約三年間も、その後の私の生き方に大きな影響を及ぼす重要な経験の積み重ね、歳月になった。そこでも多くの支え、思いがけない出会いがあった。

当時、私は簡単な日記をつけていた。それを見ると、オルリー空港に着いたのは九月二十四日午後五時過ぎ。当時はパリへ行くのは南回り便しかなく、エール・フランス機で香港、バンコク、ボンベイ、テヘラン、ローマ経由で三十時間ほどかかった。いまは北回りで半分以下の十二時間半程度だから隔世の感がある。

空港も、日本からの便が発着するのは、今はパリ北郊のシャルル・ド・ゴール空港だが、当時はパリ南郊のオルリー空港だった。オルリーは、いまは国内とヨーロッパ各地やアフリカ、中近東からの便が発着する空港になっている。

空港からは路線バスでパリ中心部に向かい、アンヴァリッドで降りると、すぐ人混みを縫うように小柄な日本人男性がニコニコしながら寄ってきて手を差し出した。星崎孝之助さんだった。星崎さんは戦前からパリに住んでいた洋画家で、江戸川区美術会の洋画家、多田栄二さんの旧友だった。多田さんが「下宿探しなどの面倒を見てほしい」との手紙を書いてくれていた（第二部参照）。タクシーの上にトランクを積んで星崎さんが決めてくれていた下宿先に向かった。留学先のソルボンヌ（パリ第一大学）に近い学生街カルチェ・ラタンにある「ホテル・マチュラン」という下宿屋だった。

日本式に住所を書くと「パリ5区リュ・トゥリエ8番、ホテル・マチュラン17号室（4階）」。リュは小さな通り、路地のこと。リュ・トゥリエは、パリのランドマークの一つでもある丘の上のギリシャ神殿風のドームで知られる霊廟パンテオンに近い路地だ。下宿の向かいの小さな「ホテル・スフロ」には昔、詩人、リルケが滞在していた部屋があった。

私のパリ生活は、そこから始まった。パリ大学では美術史を専攻した。十月から目と鼻の先にある大学に歩いて通った。大学以外は地図を片手にパリめぐりの毎日だった。それを記していたら軽く一冊の「パリ観光ガイド」になってしまう。パリはそれだけ見どころ豊富な、歴史と伝統、文化、芸術が溢れるほど詰まった都だ。

パリに着いた翌日、荷ほどきもしないで向かったのがセーヌ川を右岸に渡ったルーヴル美術館だった。以降、ルーヴルには何度も足を運んだ。夏休みには美術館主催の油絵の技法の夏期講習も受けた。

下宿も探しておいてくれた星崎さんには、その後も何くれとなく世話になった。自宅に招かれることも多かった。パリの生活習慣などを教えられたのも星崎さんによってだった。星崎さんの家は、十六区の高級住宅地オートイユにあった。パリは二十区からなる。東京でいえば二十三区みたいなものだが、中央から順にグルグルと外に向かって二十区となる。十六区は、ブローニュの森が近く、高級住宅街が広がっている。いまは日本人駐在員も多く住んでいるようだ。

中河与一の小説のモデルにもなった星崎孝之助さん

星崎さんは戦前、それも昭和の初めに渡欧し、ナチス占領下もパリで暮らした人だ。当時だから汽船、それも金がなくて貨物船で横浜港を出てマルセイユに行き、汽車でパリに向かい、結局、パリまで一カ月近くかかったという。目的はバイオリンを習うことだった。だが、星崎さんは身長が一メートル五十そこそこの小さな人で、弟子入り志願で訪ねた著名なバイオリニストに「お前は手が短いからダメだ」と断られてしまい、それで絵ならば、と方向転換して、パリに留まり、絵画を学んできたと聞いた。

星崎さんは、私がパリで世話になっていたときには、すでに三十年以上パリに住み、五十代になっていた。東京・浅草の老舗の日本料理店の娘さんと結婚していて一人息子もいたが、その結婚前の長いパリ生活には、さまざまドラマもあったようだ。星崎さんをモデルに中河与一が短編小説（中編と呼んでもいいような長い作品）を書いている。

中河与一は戦前から川端康成などとともに「新感覚派」の作家として活躍した。特に『天の夕顔』が戦後、映画や演劇になり、海外でも翻訳されるなど、特によく知られている。

よく売れた作家だと思うが、最近では知る人も少なくなっている。これも時の流れというものだろうか。

　星崎さんがモデルになったのは昭和三十一年に出された『青衣の女人』（のち『ミイラ頌』と改題＝『中河與一全集第六巻』などに収載）。あらすじは、主人公の日本人画家が若く美しいフランス人女性（未亡人）と知り合い、その美と謎の行動に翻弄されながら、モデルにして肖像を描き、思いを募らせていく。老パトロンや許婚の外交官なども登場する複雑な人間模様のなかで結局、彼女は急死する。残された画家と許婚はその美を失うのを恐れてミイラにして青いドレスを着せるのだが……というような妄執的な話になっていく。

　パリ暮らしに慣れた頃、人から「星崎さんがモデルだよ」と教えられたので、本人に聞くと「そうだ」と答えた。のちに読み返してみると、小説はあくまでもフィクションの世界に過ぎないが、主人公の日本人画家の姿や生活、背景どはモデルにされたところもあるようだ。実際の星崎さんも、長かったパリの独り暮らしの間にフランス人未亡人と恋仲になった時代があったと聞いた。小説とは違い、何百も部屋のある大きなアパートを所有する金持ちの年配女性で、一緒になったものの親族の反対で離婚したという話だった。たまたま通ったときだったか、そのアパートの近くで「あれがそうだ」と星崎さんが大きな建物を指さしたこともあった。

作家の中河与一は、岡本太郎さんの父母（岡本一平・かの子夫妻）や藤田嗣治さん（後述）などのパリで活躍していた画家とも親交があった。

星崎さんは、私が日本に帰ってからだいぶ後の昭和四十年代の終わり、パリの生活を切り上げて神奈川県大磯町に移り住んだ。星崎さんとは帰国後も交流が続き、私の結婚式にも出てもらった。住まいが大磯町だったので、私は息子を連れて海水浴などにも行った。

二紀会の初代理事長だった洋画家、宮本三郎さんと親しく、同会で活躍していた。二紀会は東郷青児さん（第2章参照）らが戦後二科会を再結成したときに異を唱えた宮本さんらが創始した団体だ。星崎さんはまた東京駅近くにあった画廊の社長と親しく、「絵をみんな持っていかれる」とよく言っていた。私も結婚祝いに人物画（子どもの顔）を一点もらった。星崎さんは平成六年（一九九四）に八十八歳で亡くなった。

カルズーやエルンスト、クートーなど第一線の画家と

パリで最初に出会った頃の星崎さんは、日本語が少しおぼつかない感じがした。前述の

日本の女性を妻に迎えるまで三十年近くフランス人の間で暮らしてきたのだから無理もないと思った。星崎さんの家に何度も伺ううちに、パリの生活やフランス人の習慣を教えられた。

たとえば、家に現金がなくなったので銀行に行くという。学生で時間があった私は、「じゃあ、一緒に」と星崎さんの息子を連れてパリ中心部のオペラ座の裏にあった銀行、ソシエテ・ジェネラルによく行った。まず向かうのは窓口ではなく地下室。「ここで待っていて」と言われて待った。貸金庫に金《きん》を預けているのだ。それを出して上の広いフロアーにある窓口に行く。預金窓口の横の金の取り扱い窓口で換金するのだ。最近は日本の銀行店舗も大分変ってきたが、日本人には考えられないような銀行の姿であり、利用法だった。

星崎さんは、財産は現金や預金ではなく、貸金庫に金の延べ板、インゴット（金塊）などを預け、必要なときに現金化していた。それがフランス人のやり方だと言っていた。フランス人は価値がすぐ変わってしまう通貨をあまり信用してしない。だから金の延べ板やナポレオン金貨などを買って銀行の貸金庫に預ける。ダイヤや著名な画家の絵なども同じだ。資産として持つ。「それがフランス人式なんだ」と強調していた。

パリの星崎さんのアパートで、朝、「コーヒーを飲みますか？」と聞かれ、「はい」と答えると、目の前にドンとドンブリが差し出されたのにはビックリした。牛乳をなみなみ注いだカフェオレだ。この取っ手のないドンブリ状の器は「カフェオレボウル」と呼ばれ、最近は日本でも使われているようだが、当時の日本では、そのような器や飲み方は見たことがなかった。カフェオレとパン。それだけの朝食だった。何十年もパリにいた星崎さんだったから、すっかりフランス的になっていた。カフェオレをスプーンでじゃぶじゃぶさせながら、「これを飲まないと起きた気がしない」と言っていたのを思い出す。

星崎さんとはロンシャン競馬にも行ったし、セーヌ河畔や画廊、画材店のあるサントノーレ、マティニョン、モンテーニュ通りなどをよく散策した。多くの人に会い、紹介してもらった。カルチェ・ラタンの画廊を見ているときに偶然、著名な画家のジャン・カルズーに出会った。カルズー（一九〇七―二〇〇〇）は、星崎さんの盟友であり、話がはずんでいた。オペラやバレエなどの舞台美術でも知られた画家だった。

パリ西郊のブローニュの森に近いサン・クルーにある画家マックス・エルンストのアトリエを一緒に訪問したこともあった。エルンスト（一八九一―一九七六）はドイツ生まれの超現実派の巨匠といわれた画家で、パリでシュールレアリスム運動のリーダーとして活躍した。コラージュを創案し、また、モノに紙を当てて鉛筆などでこすって凹凸を浮き出させる「フロッタージュ技法」でも知られる。会ったときには日本の版画に関心があると話していた。

また、「アンデパンダン」展に出品する星崎さんの作品をグラン・パレ（国立ギャラリー）に運ぶ手伝いなどもした。「アンデパンダン」展は無審査、無賞の「独立展」で、新しい芸術を認めない官展に対抗して十九世紀に創立された（私が日本で最初に出品したのも読売新聞社主催の同展だった）。

星崎さんは「サロン・ド・メ」（「五月のサロン」の意の招待制の展覧会）の招待作家で、やはり作品の搬入の手伝いをして一緒に参観もした。会場で、前述のジャン・カルズーやリュシアン・クートー（一九〇四―一九七七）に会い、改めて紹介もされた。クートーはサロン・ド・メの創立に参画して以来常任委員を務めたフランスのシュールレアリスムの代表的画家だ。

このように次から次に著名な画家に出会えたのも、星崎さんのお陰だった。

パリ第一大学で美術史を専攻して

パリに着いた翌月（十月）、ソルボンヌのパリ第一大学本館の事務所で入学手続きをして学生証と食堂の割引証をもらった。これでパリ第一大学学生だ。専攻は美術史。その足でルーヴルの事務所で学生用割引証をもらった。以後、学割を何度使ったことか。美術館はルーヴルだけではない。ギメ東洋美術館、オルセー、ブールデル、ロダン美術館やレジオンドヌール勲章美術館など書き切れないほど美術館めぐりをした。

大学では講義の初日、階段教室を見回すと、外国人らしき人が多かったが、日本人はいないようだった。講義内容は先生の言葉が早口で聴き取れない。日本で何年もフランス語を勉強していたのに現実は甘くなかった。何を言っているのか、さっぱりわからないのだ。それで次の日「アリアンス・フランセーズ」に行って、フランス語会話の受講申し込みをした。やはり言葉は慣れないとダメだ。それでアリアンスにしっかり通った。

しばらくして階段教室の隣席の女子大生に話しかけられた。ベルギーのブリュッセルから来ている学生だった。その後、彼女の友達を交えて、カフェで喋ったり、一緒に美術館やデパートに行ったりするようにもなった。大学で友人ができて活動範囲が広がった。クリスチャンの彼女らと教会に行き、ノエル・イヴ（クリスマス・イヴ）を教会で過ごした。何でも経験だ。クリスチャンはどんなイヴを過ごすのか見てやろうと一緒に行った。これなどは一人ではできなかった経験だったと思う。

男の学生にはアルバイトを紹介してもらい、中東旅行もした。男女何人かのグループで古城や美術館、カフェ、映画館に行ったり、知人のコンサートに出掛けたりもした。簡単なパーティ、飲み会もよく開いた。私の引っ越しの手伝いをしてもらったこともある。

友人とベルギーやスペイン旅行にも行った。友人はフランス人に限らなかったが、フランス語が共通語だった。仲間ができたから行えるようになったことも間違いなく多かった。

田淵安一さんとレオナルド・フジタのアトリエへ

星崎さんのほかにパリで大変世話になった恩人に洋画家の田淵安一さんがいる。やはりパリ在住の画家で、私の下宿に電話をもらって家に伺うところからお付き合いが始まった。田淵さんは銀座の「なびす画廊」の創業者一族。私が岡本太郎さんのグループで活動していたときに個展を開いた画廊（第2章参照）で、その縁から連絡をくれたのだ。

田淵安一さん（一九二一―二〇〇九）は、私より十五歳上の学徒動員世代で、海軍で終戦を迎え、戦後、東京大学文学部美術史学科に入り、卒業した後、昭和二十六年に渡仏してソルボンヌ（パリ大学）で学び、独特の抽象画を描いて国際的に活躍していた。岡本太郎さんとも親交があった。平成二十一年にパリ郊外の自宅で亡くなるまで、フランスを中心に創作活動を続けた。『アペリチフをどうぞ―パリ近郊からの便り』（読売新聞社刊）、『ブルターニュ　風と沈黙』（人文書院刊）、『西の眼　東の眼』（新潮社刊）など著書多数。アペリチフは食前酒のこと。田淵さんの家はパリ南郊十数キロのマッシー・パレゾー駅から車で十分ほどの田舎の一軒家で、広い庭があった。連絡をもらった最初の日、田淵さんは駅まで車で迎えに来てくれた。二棟の建物のうちアトリエには大きな抽象画がたくさん置かれていた。ご馳走になった夕食のココ・ヴァン（チキンときのこのワイン煮込み）もワインもおいしく、私は日記にそれをしっかり書き記した。

田淵さんは藤田嗣治（レオナルド・フジタ）さんとも仲がよく、一緒に藤田さんのアトリエを訪問する幸運にも恵まれた。藤田さんは日本人嫌いとの風評もあったので少し緊張したが、実際の藤田さんは意外に気さくな人だった。

藤田さんは戦前、フランスに渡り、ピカソやモディリアニらとの交流で刺激を受けて独自のスタイルを追究し、高い評価と人気を得て凱旋帰国をした。戦時中は日本を活動拠点としたが、戦後、「戦争協力者」として画壇から批判を浴びて日本を離れ、再びパリで暮らし始め、日本には戻らないと決心して、昭和三十年（一九五五）にフランス国籍を取得した。訪ねたのはその数年後のことで、このような経緯から「日本人嫌い」とされていたのだが、そんな様子を見せることはなく、普通の「江戸弁のおじさん」という感じだった。ただ、マスコミに対しては態度が違い「寄せ付けない」と田淵さんが言っていた。

当時の私の日記を見ると、「フジタの部屋はよく整理されていて、暖簾も座布団も食器もテーブルクロスも筆箱もみんな日本のものだった。日本人形や団扇も置かれ、壁には自作が何点も掛けられていた」と書いている。部屋には最後の理解者といわれて最期まで付き添った日本人妻の君代夫人もいた。ただ、私には苦手な犬や猫が動き回っていたので嫌な気持ちにもなった。私は東京から送って来た浅草海苔とセンベイを持参した。それをとても喜んでくれた。会っていたのは一時間半くらいだったが、日記には「別れ際、フジタは玄関の外まで送ってくれた」と付け加えられている。

当時を振り返って、返す返すも残念に思うのは、パリにカメラを持っていかなかったことだ。フジタさんも、アトリエも、また、その後、ジャン＝ポール・サルトルという巨人にも出会ったが、写真が一枚もない。あるのは学友が私を撮ってくれたスナップ写真くらいだ（章扉参照）。当時、カメラは高価だったとはいえ残念なことだ。

パリ留学中、大変世話になった田淵さんから「家に来ませんか」との連絡が来るときは、いまは懐かしい「気送管」（プニュマチック）による速達郵便だった。下宿には電話があったが、不在時が多く、なかなか連絡がつかない。そういうときにパリ市内なら郵便局からこの即日速達を出す。市内の地下に郵便局と郵便局を結ぶ気送管がめぐらされていて、専用の筒に手紙を入れて空気圧で飛ばし、受け取った局の職員が配達する仕組みだ。欧米の都市で普及していたシステムだ（パリのこの速達便配達システムは一九八四年に廃止になったという）。

速達を受け取るとすぐ田淵さんのお宅に伺い、アトリエで話をした後、スウェーデン人の奥さんの手作りの夕食をご馳走になって帰るということが幾度もあった。

哲学者・森有正さんと大使公邸レセプションで

パリに行った翌年（一九六一年）の一月一日、アベニュー・オッシュ（オッシュ大通り）沿いの日本大使館の大使公邸で開かれた新年のレセプションに出席した。星崎さんに声を掛けられたからだ。パリ滞在の日本人永住者や公務員、駐在員、留学生などが元旦と四月二十九日の天皇誕生日（当時）に大使公邸に招待され、祝賀会と懇親会が開かれていた。立食パーティの三つの部屋は満員で、シャンパン、ビール、日本酒で乾杯を繰り返した。会場には女優の岸恵子さんやシャンソン歌手の石井好子さんの姿もあった。

星崎さんに、画家の関口俊吾さん（一九一一—二〇〇二）を紹介された。アトリエが私の下宿の近くだったから、その後、訪ねたこともあった。関口さんは戦前にフランス留学して画壇デビューをして大戦で帰国したが、戦後再渡仏してからはずっとパリに暮らし、フランス各地の風景を描きつづけたことで知られる。パリの自宅で亡くなったのは九十一歳で、『パリの水の味—六十年をパリで暮らして』『パリのメルヘン—ちょっと色っぽい大人の話』などの著書も残している。

レセプションで星崎さんが、哲学者の森有正《ありまさ》さんを引き合わせてくれた。パリにずっと留まっている数少ない在仏日本人だった星崎さんは、顔が広かった。

森有正さん（一九一一―一九七六）は、初代文部大臣森有礼《ありのり》の孫で、牧師だった父親の下で幼い頃に洗礼を受けたクリスチャンだった。東京大学助教授時代の昭和三十年（一九五五）に、戦後第一回のフランス政府給付留学生になって渡仏し、そのままパリに残って、東大助教授の座を捨ててしまった人だ。パリの生活は経済的にも厳しい時期があったようだが、当時はパリ大学でも日本語と日本思想を講じていた。デカルトやパスカルの研究家だった森さんは、当時の最先端の思想家のサルトルやカミュを日本に紹介するような仕事もしていたから、余裕ができ始めていた頃だったと思う。それでもいつも古い背広に、よれよれのネクタイという格好だった。

森さんの講座は何度か聴きに行った。そのあと二人でカフェに寄り、パリについて教えてもらうこともあった。二十五歳も離れていたが、余り意識させられることはなかった。

森さんの住まいが同じカルチェ・ラタンだったのでレセプションからの帰りの地下鉄が一緒で、いろいろ話をすることができたことが親しくなる始まりだった。森さんは日本にいたときに、やはり由緒ある家庭の女性と結婚したが離婚し、私と知り合ったころには、フランス人女性と再婚していたと思う。しかし、その女性とも上手く行かなくて、私が日本に帰ってから破局を迎えた。孤独の人だったと思う。

フランス人の学友に誘われて、ソルボンヌの大講堂にサルトルの講演を聴きに行ったことがあった。「アルジェリア独立と実存主義」といった演題だったが、やはり言葉も難しくて理解不能だった。それで森さんにサルトルの理論を解説してもらった。森さんと散策をしながら、いつものようにサンジェルマン・デ・プレ（大通り）のカフェに入ろうとしたときに偶然、サルトルがやって来たことがあった。森さんはサルトルとは顔なじみで、親しそうに握手をして挨拶を交わした。私は傍らでサルトルと森さんの会話を聞いていた。

森さんに会うときにはよく東京の家から送られてきた海苔やセンベイ、梅干、佃煮、ふりかけ、日本蕎麦などを持っていった。それをすごく喜んでくれた。会うときには前述の気送管による速達郵便をよく使った。森さんからはフランス語の資料をよくもらった。

パリから帰ってから森さんの著作を読んで、パリの生活は孤独との闘いであり、日々の生活を通した西欧という現実との交わり、その内面からの血肉化、それに対応する日本認識といったものを自らの命題として思索、葛藤を重ね、深めていったことなどを改めて知った。私はパリで多くの知人友人に恵まれたが、それでも当初、一人街角にたたずみ、あるいは夜、下宿の部屋で過ごしているとき、伝統も文化も異なる西洋の都市にいる言い知れぬ孤独感に襲われることも少なくなかった。森さんは、宗教者、哲学者として、私たちが経験、想像するよりはるかに深く孤独や苦悩を感じていたのではなかったかと思う。

森さんは「深い思考を重ねたエッセイの名手」と評されている。哲学的な思索の跡を随筆に織り込んだ著書が、その後、続々と出された。『遥かなノートル・ダム』（一九六七年）、『バビロンンの流れのほとりにて』（一九六八年）などに始まるエッセイ集だ。それらは時期的には私が知り合った六〇年代初めの、パリにおける苦悩、思索の過程やその結晶といえるだろう。ほかに『パリだより』『旅の空の下で』『近代精神とキリスト教』など多数の著書を残している。

森さんは繰り返し「経験」の重要性を語っている。単に外から与えられる「体験」とは違う「経験」。その「経験」の積み重ねのなかから「自己批判」と「自己改革」を深めていくべきであるなどと、「経験」を思索の中心に据えた思想世界が多くの共感、感銘を与えたとされている。森さんは、その後、一時帰国して国際基督教大学で集中講義を行ったり、パリ日本館の館長などを務めたりしたが、六十五歳という若さで亡くなってしまった。

日本人ネットワークとパリの案内役

当時、パリに長くいる人は、日本から観光やビジネスでやってくる人を案内することがよくあったようだ。私はそれほど長くいたわけではないが、さまざまな人に頼まれて、観光スポットや飲食店、あるいは画商や画材店などを案内した。偶然出会った人もいる。たとえば、朝、大学に行こうと歩いているとき、洋画家の栗原信さんに出会った。私の方が日本にいたときから顔を知っていたので挨拶をした。

栗原信さん（一八九四―一九六六）は戦前、パリで学び、戦後、前述の星崎さんものちに活躍の場とする二紀会の結成に加わった人だ。その栗原さんが近所のホテルに泊まっていたので、夜、再会してサンミッシェル大通りを散策したり、カフェで話をしたり、翌日も美術館に一緒に行ったりした。約二週間の交流の後、ニューヨークに発つ栗原さんをオルリー空港に送った。栗原さんは私の父より年上で、その出会いからさほど時を経ずに亡くなった。

独立美術協会の野口彌太郎さんご夫妻を迎えて星崎さんらと食事し、歓談したこともあった。スペイン、イタリア、ギリシャなどを一カ月くらいかけて回る旅の途中だった。野口さん（一八九九―一九七六）もやはり戦前、ヨーロッパで四年ほど過ごした。長崎に記念美術館がある。

朝、カフェのカウンターで偶然出会った人もいる。日本人同士だと顔ですぐわかるから会釈する。フランス人などは私に向かってよく「チャイニーズか？」と聞いてきた。パリでは日本人はマイナーな存在で、日本人としてとらえられ理解されることは少なかった。

カフェで会った人が、下宿屋近くの行きつけの「中法楽園」というメシ屋に来ていた。改めて挨拶して名刺を貰うと東京大学工学部航空学科教授の近藤次郎さんだった。近藤次郎さん（一九一七―二〇一五）は日本の航空学の大家で、のちに日本学術会議会長にもなった人だ。パリだからこその出会いであり、親しく話す機会ができた。近藤さんはソルボンヌで講演をしてから帰国した。

偶然出会った人には、北海道の高校教師を定年退職して、念願のパリに来たという人もいた。山内さんという人で、一年くらい滞在したようだ。彼の六階の屋根裏部屋のアパートに行って話をしたこともあった。

私の下宿部屋の隣室の新しい住人が夜中騒がしく、引越し先を探していたら、「帰国するからこの部屋に越したらよい」と言ってくれる人に行き着いた。京都大学教授の立川文彦さんで、部屋は百五十メートルほど先のソルボンヌの「ホテル・コレッジ・ド・フランス」だった。立川さんは政治学の教授で、後でわかったことだが、科学研究費助成事業の「日独伊三国同盟の国際政治的研究」の調査のために滞在していたようだ。部屋に本もたくさん残してくれたので、私はパリ在住の日本人ネットワークに感謝をした。

その四カ月後、今度は大学の友人の紹介で、家賃の安い部屋を見つけ、ソルボンヌから十駅ほどのパリ南部のポルト・ディタリー駅に近い下宿屋の六階屋根裏部屋に移った。ここがパリ最後の下宿先となった。

日本の知人やパリの星崎さんなどに頼まれて、日本から観光やビジネスでやってくる人の案内もした。観光スポットのエッフェル塔は、そういうときに初めて上った。

政府派遣の東京大学の教授も何日かガイドした。ベルリンからやって来て、昼はヴェルサイユ宮殿などを見て、夜はオペラ座で「ヴェニスの商人」など。アメリカに発つ日の前日は晩餐会で、「ラ・セーヌ」「ローラン」「マキシム」「タイユヴァン」などのコース料理だった。案内のときには普段と違って高級料理を一緒に味わった。このようなガイドでは、謝礼はこういうご馳走や、「もう着なくなったから」と置いていくセーターや日本から持って来た海苔や佃煮などだった。お金はもらった記憶がない。外貨持ち出し制限があった時代だ。旅の途中で貴重な外貨を使うわけにいかない。私自身も当時、外貨を惜しむのが当然と思っていた。

大手企業の部長のガイドを頼まれたときは、ヴェルサイユ宮殿やフォンテンブロー（宮殿）、ルーヴルなどを案内し、夜は日本料理店。埼玉から来たTさんのガイドでは凱旋門、シャンゼリゼ、ルーヴル、オルセー、パレ・ロワイヤル、マドレーヌ寺院、オペラ座などのお決まりの観光コースや、ヴァンサンヌの森、ペー・ラシェーズ（墓地）、メニルモンタン（坂の上にある下町情緒溢れる街）などを案内した。

夜、よく案内したのは、パリでもっとも古い和食レストランといわれている「たから（宝）」や「東京」。そこで食事をした後、レ・アール周辺のキャバレーやイベット・ジローのコンサート（オランピア劇場）、オペラ・コミックのビゼーの「カルメン」などに行くこともあった。夜の食事では、モンマルトルの「ラパン・アジル」にもよく行った。二十世紀初頭にはピカソやモディリアニなどの画家や詩人、作家、喜劇役者たちが議論に興じた店としても知られる老舗のシャンソニエだ。シャンソンを聞きながら食事をする、緑に覆われた個性的な一軒家風の店だ。

地方銀行の会長が秘書と来仏したので案内したこともあった。クリニャンクールの蚤の市や市内観光の後、ソルボンヌを見たいというので一緒に行って本館の階段教室の講義を覗いてもらった。パリ郊外のロンシャン競馬場なども案内した。最後の夜、食事をすると、「パリの五日間は人生で忘れられない経験になりました。帰国したらぜひうちの銀行へ来てください」と言われたと、日記に書いていた。

日本人はよく「旅の恥はかき捨て」と言う。旅行者のなかには、そういう人もいて私を困らせた。ムーランルージュのフレンチカンカンの案内なら大歓迎だったが、それ以上にあれこれ求められても、その種の知識に乏しい学生だ。パリで「春」を売っているプロが多いことは外観からもわかっていたが、知識がないから対応できない。仕方がないから、夜のパリに詳しい知人に聞いて、アドバイスをするようなことはあった。

アラン・ドロンやBBなどの映画の看板描き

大学の友人の知り合いの一人が遊び人らしくパリの裏町をよく知っていた。彼に連れられて行ったのがヨーロッパ随一という「サンドニ通り」だった。サンドニ門からレオミュール通り一帯に「夜の辻姫」が昼間からたくさん立っている。彼女らはヨーロッパ中からやって来ているから人種も国籍も千差万別だ。アフリカ系、ラテン系、北欧系……。案内の知人は、顔見知りの女性を見つけて親し気に話しかけ、みなでカフェに入って話し込んだ。営業中でないときは話をするだけでいいらしかった。貴重な会話の機会にはなった。

大学の友人アランは日本の禅や書道に非常に関心を持っていた。ロベールは柔道の道場に通っている日本に関心のある男だった。そのアランの紹介で映画の看板描きのアルバイトを始めた。ポルト・ドルレアンにある映画会社の看板屋で、映画宣伝用の看板を描く仕事だ。最初に渡されたのが、当時、「太陽がいっぱい」のヒットで大スターの仲間入りをしていたアラン・ドロンと名優のジャン・ギャバン、そして女優のマガリ・ノエルのA３判ほどの大きな写真だった。この三人のスターを縦四メートル×横八メートルくらいの巨大な看板に描く仕事だ。看板全体は白ペンキで下塗りされている。ただ、いくら絵描きでも、すぐ似顔絵など描けるものではない。当然、輪郭線はプロが描く。その後、泥絵具を使って色を塗っていくのだ。もちろん街に掲げる看板だ。出来栄えが問題だから、結構、難しい仕事だった。絵具の材質感（マチエール）を生かしながら俳優の顔の立体感を出す工夫をする。一枚描き上げて離れて見ると、われながら、なかなかの出来栄えだった。友人も見てびっくりしていた。このような巨大な看板を何枚も描いた。ＢＢ（ブルジッド・バルドー）やジーナ・ロロブリジータなども描いた。

看板制作のアルバイトは、慣れればそう難しい仕事ではなかったが、土日は朝から夜まで、学校のある平日は午後から仕事で、夜八時頃まで続いたから、結構疲れた。この映画の看板描きのアルバイトが一段落した後、友人のロベールの頼みで、クーニャンクールのヴァン（ワイン）集配所のトラックに乗って、ワインの配達のアルバイトをした。

集配所はワイン組合が運営していて、フランス各地から運ばれ、集められたワインをパリ市内の取次店や大きな酒屋に配送する仕事だ。広い配送所ではトラックが二十台ほど稼働していた。大きな集配所だった。倉庫はいずれも石造りの頑丈そうな建物で、それぞれに大きな錠前が掛かっていたことが記憶に残っている。

私はパリでのアルバイトを考えて日本で国際運転免許を取得していたから、自分でトラックを運転してみた。だがフランス語会話と同じで、すぐに通用するものではなかった。左ハンドルの右側通行、しかもトラック。周りの車も乱暴な運転が多い。慣れなければ危ない。実際、試しに運転をしてみたら、すぐ軽い接触事故を起こしてしまった。それで運転は友人のロベールに任せ、私は助手席に同乗しての手伝い専門にすることにした。

だが、木箱のケースに入れたワインの瓶は重い。朝から午後七時まで、日によっては八時ぐらいまで人力の積み降ろしが続き、二週間ほどで腰も痛くなってきた。ロベールは慣れていて要領もよかったが、私はそうはいかず、ついに荷物運びから伝票の集計係りに回してもらい、配達伝票の整理をすることになった。ワイン配達はきつかったが、おびただしい数のパリの道路と街の名前、主な施設の大体の方角を覚えることができたのは大きな収穫だった。

「各国めぐり」の原点、友と回ったヨーロッパや中東

友人とは春や夏休みなどにパリ郊外の小旅行や中東への旅など、さまざまな旅行をした。私は日本に帰ってからも何十回と海外を旅して紀行文を中心に『世界の読みかた歩きかた』『いくつになっても各国めぐり』などの単行本も上梓した。日本旅行作家協会の会員でもあるが、その出発点がパリ時代の旅行だった。ヨーロッパなら貧乏学生でも時間があるから列車を使って回ることができる。友人たちのフランスの地方やベルギーの実家にも行って泊まった。学生だったからできたことだと思うが、それによってヨーロッパ人の日常生

活、家庭生活などを垣間見ることができた。貴重な経験だった。

当時の日記を見ると、最初の旅行先はロベールと行ったフランス南東部のリヨンだった。パリ、マルセイユに次ぐ都市で、ローマ時代からの交通の要衝。中世には「絹の町」と呼ばれた商業都市だった。そのリヨンで印象深かったのは、歴史地区の古い建物にあった「トラブール」と呼ばれる廊下のような建物内の狭い通路、抜け道だ。絹織物が盛んだった時代、天候に左右されずに品物を運ぶために設けられたという。いまもそこに入ると普通は見られない建物の中庭や内側の装飾などが見学できる。リヨン美術館やゴブラン織物博物館などにも行った。

最初の夏休みには、大学の最初の女友だち、ジャクリーンの故郷、ベルギーに一緒に行った。そのときブリュッセルからトラム（路面電車）に乗って、教科書にも載っている「ワーテルローの戦い」で有名な古戦場ワーテルローにも行ってみた。エルバ島から帰還して復活をめざしたナポレオン率いるフランス軍が英蘭連合軍などに敗れたナポレオン最後の戦場だ。巨大な円錐形の丘の上から四囲の戦場跡を見渡すと、のどかな広大な農村風景が広がっていた。農場では放牧が行われていた。

ブリュッセルから数十キロ離れたジャクリーンの家にも行った。ぶどう園を営む農家で、田舎料理をご馳走になりながら数日泊めてもらい、ベルギーの豊かな農村生活を味わった。ベルギーでは有名な港町アントワープ（ヨーロッパ四大貿易港の一つ）で王立美術学院の図書館などにも行った。東京で美術やフランス語を習っていた先生、ロジェ・ヴァン・エックさんの紹介状を持っていって国立劇場で資料をもらったりもした。

この旅行では、帰途一人でオランダ、ルクセンブルグを回った。オランダ・アムステルダムでは、国立美術館でレンブラントの有名な「夜警」を見た。思っていたより大きく迫力があり二時間ほど絵の前にたたずんでいた。アムステルダムでは市美術館でゴッホやシャガールの油絵やモダンアートなどを鑑賞した後、郊外の農村風景を見に行った。きちんと土地区画整理がなされていた。低湿地開発はこのような形になるのかと、のちに葛西沖埋立事業に関わった際、その光景を思い浮かべながら議論に加わった。貴重な見聞だった。ほかにルクセンブルクなども回ってラピード（特急＝ラピッド）でパリに戻った。一カ月間の旅だった。

フランス人の学友アランとロベールと三人でレバノン、シリアのイスラム文化圏を回った旅も思い出深い。中東といっても両国は元フランス委任統治領で、彼らには親しみ深いだけでなく、友人も多くいた。

ローマ経由のエール・フランス機で最初に行ったのがレバノンの首都ベイルート。中東のパリと呼ばれていた美しい町で、国立博物館などを見学した。レバノンはトルコ領から第一次大戦後のフランス委任統治領を経て一九四四年独立し、自由化政策によってアラブ諸国の物資と情報のターミナルとして繁栄した。だが一九四八年に隣接の地にイスラエルが建国され、相次ぐ中東戦争によって激動に巻き込まれていく。ただ、本格的な戦火は、レバノン内戦が始まる一九七〇年からで、それ以降、多数のパレスチナ人が流入してゲリラの根拠地になって二〇〇六年八月の停戦まで戦乱が続いた。

そのレバノンも、私たちが旅をした六〇年代は平穏だった。いい時期に旅をした。アランの友人が現地にいて一緒にベイルート・アメリカン大学で歴史学のムハンマド教授に面会し、レバノンの古代・中世の歴史の講義も受けた。

その後、砂漠と国境を超え、古代遺跡の観光をしながらシリアのダマスカスに向かった。ダマスカスは旧約聖書に出てくる世界最古の町のひとつだが、西洋風な印象がある都市だった。ヨルダン南部の死海とアカバ湾の間の峡谷にあるペトラ遺跡にも行った。紀元前二世紀頃からアラブ系の遊牧民の隊商都市として栄えた古代都市の跡だ。遺跡には断崖絶壁の裂け目のようなシクという狭くて暗い一本道の奥に、岩壁に彫り込まれたさまざまな大建築が現れた。そこは別世界で、遺跡群の威容に圧倒された。なかでも岩壁に彫り込まれたギリシャ神殿を思わせる荘厳なエル・ハズネ（宝物殿）は圧巻だった。ほかにもローマ時代に建造された円形劇場、浴場、宴会場などのローマ遺跡を終日見て回った。

シリアは二〇一一年から続くイスラム過激派組織「イスラム国（ＩＳ）」などを含む複雑かつ悲惨な内戦で知られるが、当時は政治的な不安定さはあっても平穏だった。一九四六年に独立し、一時エジプトと合併してアラブ連合共和国をつくったが、クーデターで脱退、単独の共和国に戻った。その時期の旅だった。現在のアサド政権はその後、一九七〇年のクーデターで誕生した。

砂漠の中のパルミラ遺跡にも行った。二世紀頃に栄光を極めたシルクロードの一大商業都市の跡で、広大な地に聳える列柱群や神殿跡やアラブ城がパルミラ王国のかつての栄華を偲ばせる見事なものだったが、シリア内戦でＩＳの支配下に置かれ、政府軍が奪還するものの、その神殿などの多くは破壊された。

やはり、その時代にこの地域を友と巡ることができたのは、実に幸運だったと思う。

多田さんと回ったスペインに二度、三度と

江戸川区美術会の先輩で、パリの星崎さんを最初に紹介してくれた多田栄二さんが来たときには、パリを歩き回っただけでなく、一緒に約一カ月間、スペイン旅行をした。

首都マドリードからトレドへ。そこは聞きしにまさる中世的雰囲気が溢れるまちだった。アルカサル（宮殿）、トレド大聖堂（カテドラル）、サント・トメ教会、太陽の門（ピエタ・デル・ソル）などの名跡を歩き回って中世を味わいながらスケッチをした。その後、セビリア、コルドバなども回ったが、当時はどこに行っても東洋人が珍しいらしく、じろじろ見られた。セルビアでは、スペイン最大の大聖堂、中央礼拝堂は世界最大というカテドラルや、スペイン王室の宮殿アルカサルの庭が見ものだった。また、白壁の家々に囲まれて歩いていると、何か遠い、いにしえの世界に来たようで、立ち去り難い思いにさせられた。

グラナダでは、待望のアルハンブラ（宮殿）やコラール・デル・カーボン（キャラバン史跡）、サクロモンテの丘のジプシー（ロマ）の洞窟住宅とジプシーダンス・ショーも見た。

地中海でも有名な港町マラガ、そして古城（アルカサル）や有名なローマ時代の旧水道

橋があるセゴビアにも行った。

スペイン旅行ではマドリードの日本大使館の沼沢さんに大変お世話になった。沼沢さんは大使館で通訳などの仕事をしている在スペイン三十年という人だった。ホテルを紹介してもらうと、同じホテルに日展や春陽会の画家やドイツ留学中の女性などが泊っていて、部屋に集まって沼沢さんが持ち込んでくれたおにぎり、佃煮などで懇親会も開いた。その後、スペインに行くたびに、沼沢さんにはお世話になった。自宅にまで招待されてご馳走になったこともある。

スペインには、最初の夏休みに一人で行ってマドリードのプラド美術館の夏期美術講座を一カ月間受講した。外国人用の講座で、フランス、ベルギー、イギリス、ドイツ、イタリア人の若い女性が多かった。スペインの中世から近代への美術の変遷の講座で、午前が講義、午後が参観と実技。英語でゆっくり話してもらったのでよく理解できた。

前回と同じホテルに泊まったが、多田さんと一緒に来たときに知り合ったフラメンコのマオロ一家がまだ宿泊していた。再会を懐かしみ、一家のフラメンコのショーを何度か見に行った。

そのホテルは、古い建物の確か六階と七階だけの小さなもので、夜の門限を過ぎると建物の入り口で手を叩いて管理人を呼び、チップを渡して扉を開けてもらう仕組みだった。

美術学生と知り合って一緒に食事にも行った。そのなかに日本文化に関心を持っていたコルドバ出身のアンフェリネスという女性がいて、バスで古都トレドを再び見に行った。

翌年春、そのアンフェリネスから手紙をもらい、三度目のスペイン旅行をした。大使館で沼沢さんに挨拶をした後、アンフェリネスの故郷、コルドバに向かった。彼女の父親が車で駅に迎えに来てくれた。家は旧ユダヤ人街の白壁を縫うように続く迷路のような路地の中にあった。そこに数日泊めさせてもらった。コルドバでは博物館や美術館、ビアナ宮殿や郊外のイスラム時代の遺跡メデア・アサーラ宮殿跡などを見て回った。闘牛博物館や闘牛場へも行った。

マドリードでは前年夏、受講したプラド美術館にも行ってみた。別の講座が開かれていた。プラド美術館のある美術館通りのソフィア王妃美術館やティッセン・ボルネミッサ美術館（コレクターの男爵名を冠した美術館）、さらに郊外のソローリャ美術館（画家ホアキン・ソローリャの作品を本人のアトリエ兼住居で展示）など、さまざまな美術館や博物館、それにゴヤが天井に描いたフレスコ画で知られるサン・アントニオ・デ・ラ・フロリダ聖堂なども見て回った。

テロに悩まされていたパリ

「スペインは何だか時間が止まってしまっているような気がした。ゴヤの国であり、フラメンコの国であるスペインは『大いなる午後の国』だと思った」

そんなことを私は日記に書いていた。

当時のスペイン人は、人と一緒に食事をするときには、まず「ビーバ・フランコ！」と乾杯をすることになっていた。当時のスペインはフランコの独裁国だった。フランコは一九三六年に人民戦線政府に反乱を起こし、独伊ファッシズム勢力の援助によって勝利して一九三九年に独裁政権を樹立した。第二次大戦後の一九四七年には終身統領になった。当時はまさにその独裁政権下で、それが終わるのは一九七五年のフランコの死去によってだった。このように歴史はやはり動く。ただ、最近もよく国際ニュースになる「カタロニア独立」問題は、当時も現在もスペインにくすぶり続けている難しい問題だ。

当時の世界は米ソ対立、対決の時代だった。パリに行った翌年、ジョン・F・ケネディがアメリカ大統領に就任した。ケネディ大統領の誕生はパリでも大ニュースになった。そのケネディ・アメリカはソ連に厳しい姿勢をとり、フルシチョフ・ソ連も譲らず「ベルリンの壁」の構築を始めた。パリでは隣のドイツで高まる緊張が大々的に報道されていた。ソ連は続いて水爆実験を連続して行い、一九六二年にはキューバにミサイル基地を建設した。対するケネディは、ミサイルの搬入阻止のためにキューバ海域を封鎖したから、米ソは核戦争寸前までいった。このキューバ危機は、ソ連の譲歩でことなきを得たが、留学中のパリも刻々と伝わる緊張の中にあった。

当時のフランスは、第五共和政のド・ゴール大統領時代で、フランス共和国の革命記念日（七月十四日）にシャンゼリゼ大通りの行進を見学に行ったことがあった。ただ、通りは群衆であふれ、車に乗ってパレードする軍服のド・ゴールの後ろ姿がわずかに見えただけだったのを思い出す。

フランスでは当時、米ソ対立とは別に、いまと変わらないテロという緊張と脅威を抱えていた。アルジェリア独立をめぐる争いだった。そのころは何年も続いたアルジェリア独立戦争の最終局面にあった。戦争が始まったのは、フランスが第一次インドシナ戦争に敗れてベトナム、カンボジア、ラオスが独立した一九五四年だった。アルジェリアでも、その機にフランスの植民地支配から脱しようとする民族解放戦線が結成され、フランス政府や白人入植者（コロン）との長く激しい戦いが始まったのだ。フランス政府は鎮圧のために巨額の軍事費と八十万人の兵力を投入したが、結局、財政難などから政治的危機を招く。そこに登場したのが引退していたド・ゴール将軍だった。軍の支持を背景に全権を掌握し、一九五九年に第五共和政を発足させ、アルジェリアの自決権を承認して、私の留学時代の一九六二年に停戦協定を結んだ。こうしてアルジェリアは独立し、死者百万人以上という八年に及ぶ独立戦争が終結した。だが、その後、アルジェリアでは独立に反対する現地派遣軍や入植者の政府に対する反乱が起こり、それがフランス本土にも波及して、独立推進派と反対派による対立に加え、ド・ゴールの和平路線に反対する極右勢力のテロも頻発した。私が留学していたのは、独立反対派の極右勢力のテロが横行する一方、独立推進派のデモやストも頻繁に行われていた時期だった。

また、フランスが撤退したインドシナでは、アメリカがベトナム戦争（一九六一〜一九七三）に本格的に介入し、民族解放戦線の抵抗が強まったとか、南ベトナムで戦闘が激化して多数の死傷者が出たなどの戦況が、フランスでは常に大きく報じられていた。ベトナムの旧宗主国だけに、その動向は日本などより身近で深刻に受け止められていた。実際、ベトナム人やベトナム出身者がパリに多くいた。私も個人的には、日本にいたときにフランス語会話を習っていたベトナム生まれのフランス人女性の先生のことが気掛かりだった。戦争の前に故郷ベトナムに帰ったのだが、その後、手紙が一度きただけで消息がわからない状態になってしまったからだ。戦況のニュースを聞くたびに心配が募った。当時のフランスにも、同じような不安や心配を抱えていた人が多かったと思う。

画商の案内や交渉の経験から得たもの

パリにおいて私は仕事として意識して行ったわけではないが、のちに考えてみると、その後、私が仕事を行う上で直接、間接に非常に役立つ経験や知識も多く得たと思う。

たとえば、これは成功例とはいえないが、当時世界的なヒット曲を出していたカタリーナ・ヴァレンテという人気歌手がいた。一九三一年パリで生まれ、ベートーベンの「エリーゼのために」をアレンジした「情熱の花」がフランス語版、ドイツ語版でヒットし、日本ではザ・ピーナッツの日本語カバー版がヒットした。彼女は逆にザ・ピーナッツの「恋のバカンス」「ウナ・セラ・ディ東京」を日本語でカバーして、これもヒットさせている。

前出の画家の星崎さんから、「ヴァレンテを日本に招聘したいという日本のプロダクションから下交渉を依頼されたので同行してほしい」と頼まれた。私に交渉能力があるわけではないから、「ついていくだけなら」ということで同行した。オスマン大通りにあった事務所に行ったが、ヴァレンテは欧州公演中で留守だった。星崎さんは事務所の人に日本招聘の条件などを説明し、公演日程などの詳細はのちに話し合うことになった。その後も交渉は続いたが、結局、この招聘は不首尾に終わったと思っていた。ただ、後で調べてみると、彼女はその後、昭和三十八年（一九六三）に初来日している。ザ・ピーナッツが所属していた渡辺プロダクションが招聘したという。それが星崎さんの下交渉とつながっているのかは確認できないが、いずれにしても私が関与した成功例とはいえないことは確かだ。

当時はパリに日本の企業の支店や代行会社などが少なかったから、日本の企業から、パリに長くいる日本人やそのネットワークによく依頼がきた。歌手招聘の話は、それが最初にして最後だったが、絵画に関してはさまざまな形の依頼を受けた。

日本から紹介されてきた画商の安岡さんを二週間ほど案内して回ったこともあった。安岡さんの希望で、ブラックの絵に影響力のある画商を訪ね、交渉が成立して二人で大いに喜び、祝杯をあげたことも憶えている。パリには日本とは桁違いに画商が多いし、大きな企業もある。扱う画家もほぼ決まっていて、星崎さんに頼んで、前出のカルズーやクートー、エレンストなどを扱っている画商に同行してもらったこともあった。画商の安岡さんを迎えて、ジョルジュサンク・ホテルで、日本公使、参事官、日本航空の専務なども集まって懇談会を開いたこともあった。星崎さんの力、人脈が発揮された会で、パリのオークション市場、絵画、彫刻、工芸のマーケットについての意見交換をした。安岡さんは非常に参考になったと喜んだ。私にもパリ留学を切り上げて日本に帰ってからのビジネスの参考になった（その後、実際にパリに絵画を買い付けにも行った）。

日本から、たとえば「十九世紀の無名画家の作品だけれど、よく描かれている油絵を探してほしい」などの依頼があり、クリニャンクールの蚤の市で購入して航空便で送ったこともあった。パリには北にクリニャンクール、南にヴァンヴという有名な蚤の市がある。見て歩くのは楽しい。パリ時代によく行ったが、当時は貧乏学生だったから依頼でもない限り、安いものでも買えなかった。日本でも昨今は青空市場が盛んに開かれているが、パリはやはり絵も多い。もちろん贋作も多い。「本物発見！」などとニュースになるのは本当に例外中の例外だ。ただ、無名作家のものと承知をした上で、自分で見て納得したものを買うのなら、蚤の市もいい。

やはり日本から紹介された美術品輸入会社の吉崎さんが買い付けに来たとき、その会社と私が提携、協力することになり、一緒にリュ・ボナパルト（ボナパルト通り）のミュッセ画廊などの画廊や画商を回った。提携といっても学生の私に交渉能力も知識もあるわけではない。どこそこへ連れて行ってくれと言われると一緒に行って通訳をする程度だったが、それでも私にとっては、見よう見まねで画商ビジネスを覚えることができたというプラスがあった。

パリの絵画界は、もちろん有名なピカソやマチスなどを頂点として裾野がものすごく広く、そして奥深い。有名ではないが、絵の上手さでは著名画家と並ぶような画家もたくさんいる。将来有名になるのではないかと狙いを定めた画商や資産家が、その画家を投資、投機の対象にしている場合もある。画商はものすごく多いだけでなく、日本では「風呂敷画商」と呼ぶようなブローカー、つまり店を持たない画商をはじめ、さまざまな画商がいる。大企業も多い。石油や兵器、金融などで財を成したユダヤ資本などと組んでいる画商もいる。資産家も日本では考えられない大富豪がいる。ロスチャイルドのような世界的な大富豪の分家もある。社会構造そのものが日本のように単純ではなく複雑で奥深いのだ。

最近は日本でも（江戸川区でも）外国人がずいぶん増えたが、パリは昔から人種の坩堝《るつぼ》だ。「この人、コンテッサ（伯爵）の○○さんです」とか「伯爵夫人です」と紹介し、呼び合っている。私は冗談をいっているのだと思っていたら、本物の伯爵夫人で、ロシアからの亡命貴族の直系とか、「プリンス……」で、昔のハンガリー帝国の末裔だとか、そんな人たちが、いろいろな商売をしながら画商のところにも出入りしていた。まさにさまざまな人種、階級、階層の人が入り混じった坩堝であり、それが文化の厚みや社会構造の奥深さを形成している。いまもこの状態はさほど変わっていないと思うが、こういうことを画商の間を回って身をもって教えられた。

身をもっての認識、経験といえば、当たり前かもしれないが、「お金の重要さ」を痛感したこともその一つだ。アルバイトもやったが、異国の地で、持ち金がどんどん減っていくときの心細さといったらなかった。幸い、大きな病気で医者にかかることはなかった。風邪や腹痛のときも買薬で治った。一度だけ歯痛が我慢できずに歯科医院を探して電話を掛けて行ったことがあった。四十分ぐらい待たされて診察してもらったが、薬を一週間分もらっただけだった。まあ、それで痛みが引いたのだから、それはそれでよかったのだが。

やはり、パリでの生活は、日本にいたときと違って始終、金の心配があった。外貨の持ち出し制限のあるなかで元々、ぎりぎりに近い状態だったのに、当初予定よりどうしても余計にかかる、消え方が早い。そこで東京の母親に無心の手紙を書いた。そういうときに家から現金を預かって届けてくれたのが旅行代理店の人だった。仕事で世界を飛び回っているので、ついでに届けてもらえた。その度に、ひと息ついたが、不安は常にあった。不安があれば、どうしても大作の絵を描いたり、展覧会に出品したりすることも抑制的になる。画材も出品料も安くない。もちろん何度か出品したが、ペースは落ちていった。

さよならパリ。ミラノで「最後の晩餐」を観て帰国

私のパリ大学の留学は約三年で終わった。昭和三十八年（一九六三）六月の学期終了を待って日本に帰ることにした。パリにもっと留まっていたい気持ちもあった。だが、家の事情などを考え、大学も中途半端ではあったが、帰国を決断せざるを得なかった。

その決断を促したものには、やはり金が、人生にとって如何に大切であるか、不可欠かを骨身にしみて認識させられたことや、パリの絵画界の実情を知れば知るほど、作品を売ること、売れる作品をつくること、作品で名を上げることの大変さが嫌というほどわかってきたこと、などがあった。このまま残って絵で金を得られるようになれるのか。自問自答に「イエス」という自信をもった答えは出てこなかった。

最後の六月は、パリをもう一度、見ておこうと友人と一緒にあちこちを散策した。それまで何度も足を運んだ墓地にも行った。パリの三大墓地のペール・ラシェーズ墓地では、作家のモリエール、プルースト、オスカー・ワイルド、画家のドラクロワ、コロー、モディリアニ、詩人アポリネール、パリ建設の父オスマンや、いつも花が絶えないショパンの墓の前などで敬意を表し、別れを告げた。モンパルナス墓地ではバルザック、モーパッサンなど、モンマルトル墓地ではスタンダール、ゾラ、ハイネ、ドガ、オッフェンバックなどの霊に敬意を表した。

また、アンヴァリッド（廃兵院）のナポレオンの墓にも、「しばしのお別れの挨拶をした」などと日記に書かれている。最後にルーヴルを一人でじっくり見て回った。

お世話になった田淵さんや星崎さんのお宅にも帰国の挨拶に伺った。

友人たちは部屋にきて送別会を開いてくれた。ロベール、ジャクリーン、マリアンヌほかが集まった。みんな島国からやって来た画学生を親身に相手にし、かばってもくれた。パリ郊外や海外への旅行にも一緒に行ってくれた。このフランス人とベルギー人の友人に感謝した。

その友人たちに送られ、スイス、イタリアを回る帰国の途についた。チューリッヒでは市立美術館などをめぐり、イタリア・ミラノではサンタ・マリア・デッレ・グラツィエ教会のダ・ヴィンチの「最後の晩餐」を観た。第二次大戦の連合軍のミラノ爆撃によって教会も被弾したが、「最後の晩餐」は奇跡的に残った。ただ、当時はまだ修復されていなくて、天井も破壊されたままで空が見えた。そんな悪条件のなかで浸食も進んでいた。修復作業が行われたのは、このときから十年以上のちの一九七七年からで、二十年以上かけて一九九九年に見事に現在の姿に蘇った。私ものちに再び訪れ、その鮮やかな変わりように改めて感動を覚えた。

イタリアでは、ほかにヴェネチアで寺院をめぐり、ルネサンス時代の美術を観て歩いた。ローマの市内めぐりを行い、バチカン宮殿のシスティーナ礼拝堂では、ミケランジェロの「最後の審判」などを観て、ちょうど七夕の夜に帰国して留学生活は幕を閉じた。

私の生活はそこから一変することになる。

第4章

会社経営に打ち込む

親交のあった中里喜一前江戸川区長（右）とは雑誌で対談も（1980年、区長室で）

二十七歳で生き方を大転換

パリ留学を約三年で切り上げて日本に帰ってきたのは昭和三十八年（一九六三）七月。同月二十日に、私は二十七歳になった。

私は自らの人生を振り返って、二科展に入選した高校生のときからパリ留学生時代までを「洋画家をめざしていた」時代で、パリから帰ってからは、その道を半ばあきらめ、転換して、ビジネス、会社経営に打ち込んできたなどと書いてきた。簡単に書けば、確かにこうなるが、当時の私の思いはもちろんそう単純ではなかった。若さゆえの自負や驕《おご》り、思い込みもあった。「洋画家をめざす」というより、当時は「洋画家」との自負をもって岡本太郎さんのグループで行動していたし、留学も、画家としては当然、本場のパリを見て、技法とともに西洋の美の世界や歴史を知っておくべきとの考えだった。ただ、それが実現し、異郷の地で生活をする間に、このような思い込みだけでは何もできないとの無力感とともに、金銭的な不安も覚えた。異郷における金銭的な不安は、恐怖に近いものにもなった。

金銭は自分に当てはめれば収入の問題であるが、私は二十数年間、それをずっと家族に頼り続けてきた。日本の母に無心の手紙を書くと、家族や家計の事情をさまざまに書いた返事とともに、苦労をして用意してくれたドルを旅行代理店の人などに託して届けてくれた。それを受け取ったときの感謝と安堵感。やがて母たちの苦労にも思いが及び、家族に頼り切っていることに心苦しさを覚えるようにもなった。

パリでは、画商や絵画マーケットの一端をのぞいて、日本との違いを痛感した。背景にロンドン、ニューヨーク、ベルリンといったマーケットも控えている。マーケットが大きいだけに世界からさまざまな画家も集まり、年中、大きな展覧会が開かれている。世に出るチャンスは多いとはいえ、それだけ競争も激しく、厳しい。昨今、世界的によく話題になるような「パワハラ」「セクハラ」の類いの話も、仲間内ではさまざまに飛び交っていた（当時は、そのような用語はなかったが）。パリ美術界では、自分の「体を張って」画商やパトロン、有力画家に取り入ろうとする画家の話や、売り出すためにはそれは当たり前だなどという話もさまざまな機会に耳に入ってきた。そのような噂の源泉には、売れている仲間への嫉妬心などもあったと思うが、それだけ競争が苛烈な世界であるともいえる。

日本の絵画マーケットは比較にならないほど小さい。職業画家、つまり画業一本で生活を成り立たせることは、日本画の大家なら可能としても、当時、「日本で生活できる画家は二ダース程度」とよく言われていた。それだけ小さなマーケットである。

前述の金銭問題、つまり私には収入の問題だが、この絵画マーケットの現実を合わせて考えてみて、日本で職業画家として生活できるのか、収入の道が確保できるのか。自問するようになった。パリから帰る際も後ろ髪をひかれる思いもあったが、このまま続けても絵では生活できない。とにかく自活のための仕事をして収入の道を確保しようとの決意を固めていた。

この決意も、パリの三年間があったからできたといえるが、私は前述のように家族の心配をよそに教師になるような道も選ばず、絵以外に特別学んだものがなかった。年齢もすでに二十代後半。いまさらゼロからサラリーマン生活ができるとも思えない。そこで周囲の人とも相談しながら、自分でやれることを考え、地元・江戸川区で始めたのが不動産業だった。

その年、昭和三十八年（一九六三）十一月に東葉開発株式会社（資本金二百五十万円）を設立して代表取締役になった。所有していたアパートの一部屋で始めた会社だった。その後、「一億不動産屋」などといわれる不動産ブームが一度ならずやってくるが、それよりだいぶ先行していた。東葉開発はその後、社名変更して現・株式会社トーヨー（資本金二億円）となっている。

不動産業といえば、当然、宅建免許（宅地建物取引業法による）を取って開業したのだが、そのために必須の宅地建物取引士（平成二十七年四月に宅地建物取引主任者を改称）の資格は、自分で取得した。不動産仲介者のためのこの資格試験は昭和三十三年に導入されたばかりで、現在とは違って受験者も少なく、問題も常識問題に近いもので九割以上が合格していたと思う。だから私もたいした勉強もしないで当時、宅地建物取引員と呼ばれていた資格を取り、不動産業を始めることができた。

翌年に東京オリンピックが控えていた東《あずま》龍太郎知事時代のことだが、不動産業といっても最初は小さな物件の仲介が中心で、前述の江戸川信用金庫の理事長をしていた従兄の川野安道さんなど多くの人のアドバイスや支援などを受けて、それが事業らしきものになっていった。

また、オリンピック年の昭和三十九年（一九六四）に美術品輸入業も始めた。パリ時代に身につけた知識やネットワークを活用する仕事で、美術品を買い付けに再びパリにも行った。そのときロンドン、ウィーン、ローマも回ってきた。翌年はパリ留学時代の旅の思い出深いマドリードにも足を伸ばした。

銀座に事務所を構えて宅地開発も

不動産事業では、いわば「まちの不動産屋」として、家屋などの物件を仲介するだけでなく、建売住宅なども手掛けるようになった。そのような事業が拡大してきた昭和四十五年（一九七〇）、銀座に好条件の空き部屋が見つかったので、銀座一丁目のビルに会社の事務所を構えた。城南信用金庫銀座支店の近くのビルで、四階か五階のワンフロアを借りた。事業を拡大するためで、宅地開発・分譲、一戸建て住宅の建売りなどを都内各所で手掛けた。世田谷区の成城学園、芦花公園、経堂などで行った開発・分譲をよく憶えている。

宅地開発や住宅の建売りには、土地の買収や住宅の建築資金など、運転資金の手当てが必要だ。会社は設立時から、前出の江戸川信用金庫だけでなく、多くの金融機関との付き合いを始めていた。

その一つに総武信用組合という小さな金融機関があった。本店は墨田区緑四丁目にあったが、最初の支店が築地中央卸売市場に隣接した築地支店、その後、昭和五十年代初めまでに江戸川区北葛西に葛西支店、ＪＲ総武線平井駅北口に平井支店、小岩駅南口に小岩支店を設けて、本店を含めて全五店体制をとって営業をしていた。支店配置からして私の地元、江戸川区を主たる営業エリアとして力を注いでいる信組だったといえる。

信用組合や信用金庫は、銀行とは違い、非営利の「協同組織金融機関」だ。中小企業や個人を中心とする組合員（信用金庫の場合、会員と呼ぶ）の互助組織だから、預金も融資も組合員が対象となる（信用金庫の場合、預金にその制限はない）。もちろん、その制限も一定の範囲内に限られるから、実際の取引では一般の銀行とそれほど大差はない。組合員（会員）でない場合でも、出資による資格を得た上で、融資などを実行に移す形が取られる。こうして協同組織の一員として融資を受けたり預金をしたりして関係を深めていく。私などもそうで、総武信用組合との取引が始まり、預金も融資額も多くなっていくなかで、やがて総代に選ばれ、理事にと乞われて、経営にも携わるようになっていった。

信用組合や信用金庫は、組合員（会員）が出資口数に関係なく、ひとり一票の議決権を持ち、総会を通じて経営に参加する仕組みになっているが、実際は多数の人を集める総会ではなく、組合員（会員）が選んだ総代による「総代会」が、重要事項を決議する最高意思決定機関になっている。会社でいえば株主総会だ。

総武信用組合の理事になってほしいと頼まれて就任したのは三十六歳ぐらいのときだった。会社でいえば社外取締役だ。不動産事業を始めてから七、八年がたっていた。事業も信組との取引もそれだけ大きくなっていた。

当時からよく金融機関との取引で思っていたのは、「カネは預けているだけでなく、借りなければダメだ」ということ。借りなければ金融機関は相手にしてくれない。ただ、借りるには無担保というわけにはいかない。担保が必要だ。そして借りれば借りるほど相手（金融機関）も真剣になる。金を借りて資金を回転させていけば相手は無視できなくなる。それが金融機関の使い方、付き合い方の鉄則だと思っていたし、その考えが間違っていないことも身をもって確認してきた。

もちろん過去の不動産ブームのなかで、自己資金がないのにどんどん事業を拡大する。先行きが見えているかどうかなど一切構わず、土地を買い漁り、金融機関から借りまくっていた不動産業者も少なくなかった。高度経済成長時代、さらにバブル時代に、そのような不動産業者が多数いたことは周知のとおりだ。彼らもそのように金融機関と付き合っていただろうから、金融機関側の付き合い方、使われ方には問題がある。

高度成長期、それも昭和四十七年に当時の田中角栄通産相が「日本列島改造論」を発表して不動産ブームが巻き起こった。不動産分譲、住宅の建売を行っていた私の事業にも、それが大きな追い風に作用したことは間違いない。同時に多数の不動産会社が雨後のタケノコのように生まれ、悪徳業者も多数動き回るようになった。業界の悪評が固定化された時期でもあった。のちに私も彼らから被害を受け、その処理に長い年月と労力を割かざるを得なかったという苦い経験も味わっている。

私が総代から理事になったときの総武信用組合の理事長の田口巌《いわお》さんは、太っ腹な人で、私のことをかわいがり、また、頼りにもしてくれた。それで理事になってくれと声を掛けられたときには、銀座の事務所の不動産事業も軌道に乗っていて、社員も江戸川区の方と合わせて二十人以上になっていた。自分の仕事が認められたとの思いもあり、嬉しかった。

この間、私は前述のように昭和四十一年に結婚し、翌四十二年には東京江戸川ロータリークラブ（昭和三十九年創立）に入会してロータリアンとしての活動も始めていた。ロータリークラブでは、のちに国際ロータリーの地区ガバナーとして阪神・淡路大震災の救援資金集めなどに奔走し、私の「ボランティア生活」の大きな一ページにもなったことなどは次章以下で述べる。

『生きている台湾』のヒットで文筆活動広がる

総武信用組合の理事から常務理事、そして理事長になる経緯の前に、本書にも直接かかわることだが、絵画やボランティアとともに私の人生に大きなウエイトを占めるようになる「文筆活動」について述べておきたい。

理事長になる四年前の昭和五十四年（一九七九）五月、私は最初の単行本『生きている台湾』（20世紀社）を上梓した。本が出版されると思いのほか大きな反響があり、その後の私の生活を大きく変えることになった。本を見た編集者などが原稿の依頼にやって来るようになり、編集者や評論家などのマスコミ人との親交も始まり、その結果、中国や台湾、華僑などをテーマにした著述活動を日常的に行うようになったからだ。

同著を出したのは、日本のマスコミの姿勢に不満で、自分でやらなければと思い立ったからだ。私は、前述のように、不動産業と合わせて、パリ留学中の経験も生かしたヨーロッパ美術やアジア、それも台湾の美術・工芸品の輸入なども手掛け、その過程で多くの台湾の人たちと出会い、親交を重ねていた。初めて訪台したのは昭和四十三年（一九六八）だったから、すでに長い付き合いになっていた。そして親日的な彼らの考えとともに、その置かれている戦後の不条理な状況などを痛いほど知るようになった。しかも日本のマスコミは、その現実をほとんど無視するような姿勢に終始してきた。

昭和四十七年（一九七二）九月、田中角栄首相が訪中して日中共同声明に調印して、日中国交が回復する。その一方で行われたのが「日台断交」だ。戦後締結した「日華平和条約」は終了したとされ、日本と台湾（中華民国）は国交を断絶した。その後続けられているのは「民間交流」で、実務的な窓口として日本側が「財団法人交流協会」、台湾側が「亜東関係協会」（のちに亜東関係協会東京弁事処から台北駐日経済文化代表処に改称）を設置した。

この「民間交流」でパイプが維持されているから、私のビジネスも台湾人との交流も続いているが、そのなかで感じたこと、知ったこと、積極的に取材したことなどをまとめた。出版の前年（一九七八年）十二月、アメリカも「一つの中国」を受け入れて「台湾は中国の一部」と認めて、台湾（中華民国）との外交を断絶した。台湾はますます孤立するとの見方も広がるなかで処女作の上梓を急いだ。私は同著の「あとがき」に次のように書いていた。

「台湾の将来はどうなっていくのだろうか。私は、日本のジャーナリズムがあまり取り上げない、知られざる部分について、自分自身で取材をしながら、考えてみようと試みた。ここに書かれたことは、すべて、現地で直接に見、自分で話を聞いたものである。すでに一九七二年の日華断交以来、私なりの眼で眺めた台湾の本当の姿を、日本へ紹介したいと念願していたが、いろいろの事情で、のびのびになっていた。

そして昨年末から、本格的な取材を始めたが、十二月十六日には、突然アメリカの対華断交発表があり、台湾をめぐる客観的状況も大きく変わった。米華条約は一九七九年末で廃棄され、民間外交にかわる」

このような情勢の変化のなかで、台湾の人たちは何を考え、どのように生きているか、あるいは生きていこうとしているか。その実情を描いた。また、かつて五十年間植民地支配をしてきた日本に対して、どのような思いを抱いているか。あるいは戦後、大陸から台湾に渡ってきた人たち（外省人と呼ばれる）は、日本兵や日本人、日本をどう見ているか。その変化はどうか。また、戦後の日本はこれらの問題にどう向き合ってきたか、今後はどうか、などなど、多くの人に会い、さまざまな角度から、国交断交があっても「しっかり生きている台湾」に光を当て、その実像を描いたつもりだ。

台湾はその後、民主化なども進んで内政が大きく変わった。私は、貿易業務からは手を引いたが、同著やその取材などを通してできた関係は、のちに私が所属する東京江戸川ロータリークラブと台北東ロータリークラブとの姉妹クラブ提携の実現など、さらに親交を深めることにもつながった。

同著の表紙カバーには、政治評論家の戸川猪佐武《いさむ》さん（一九二三―一九八三）の「推薦の言葉」が載っている。戸川さんは、読売新聞社の政治部記者として活躍した後、退社して、テレビのニュースキャスター、解説者としてよく知られる存在になった。保守政界に詳しく、自民党人脈を描いた著書『小説吉田学校』はベストセラーになり、映画化もされた。戸川さんとは親交が続いて、私が執筆活動を行っていく上で、さまざまなアドバイスもしてもらった。戸川さんは赤坂のホテルニュージャパンに事務所を置いていたから、昭和五十七年（一八九二）の同ホテル火災の被害者になり、住人被害者の会代表としても活動した。

雑誌連載の対談に中里喜一江戸川区長も

最初の単行本『生きている台湾』を出す際、その出版社（20世紀社）が発行していた月刊『20世紀』の対談のホスト役も頼まれ、引き受けた。連載の対談で、第一回の相手が前述の戸川猪佐武さんで、テーマは「善隣友好・発展する中華民国の知られざる真実」で、単行本とほぼ同時期に発行された（昭和五十四年五月号）。

この年から、不動産会社の経営をしながら、月刊誌の連載の対談や、ほかに依頼を受けた単行本の原稿の執筆などを行うようになっていた。この文筆活動が私の出会い、人脈や活動の場をさらに広げていった。

その連載の対談では、翌五十五年に前述の日台断交後の台湾側の事務窓口、亜東関係協会の林金莖駐日副代表との「日華経済交流の方向と実際」や、戸川さん同様、テレビでも活躍していた政治評論家の細川隆一郎さんとの「国際化時代に突入した日本の進路とその課題」、当時の外務政務次官の愛知和男衆議院議員との「アジアの日本が果たす政治的役割」など、それぞれのテーマで意見を述べ合った。

当時の江戸川区長の中里喜一さんにも登場してもらった。テーマは「心の行政で地域開発をめざす江戸川方式の哲学と構想」だった（章扉写真参照）。

中里さんは、前年五十四年（一九七九）の区長選挙で再選を果たし、「江戸川区に独自路線（江戸川方式）を打ち出している名物区長あり」との存在感を内外に強く示していた。

江戸川区長として力を発揮した中里喜一さん（一九一二―二〇〇二）については、第2章などでも述べているように、私とは縁戚関係にもあった。私の父、松保と非常に仲のよかった従兄弟の中里民平さんの甥だった。民平さんは、江戸川区が誕生する前の松江村の村長（その後、松江町になり町長）で、中里さんは叔父の民平さんの後を追うように戦前、松江町役場に奉職し、昭和七年に江戸川区が誕生すると、区の職員になり、戦時中は、教育課教育係の職員として、第1章で述べた私たちの世代の集団学童疎開の業務を担当した。山形県鶴岡市などへの集団疎開の段取りをつけ、その実施に当たったのが中里さんだった。戦後、教育課長、総務課長を務め、昭和三十五年（一九六〇）に助役に就任し、行政の近代化を推進した。その実績も評価され、昭和三十九年、区議会に選任されて区長になった（都知事が任命。当時は区長公選制ではなかった）。

中里さんはこのように小久保家の縁戚であり、また、私の父、松保が江戸川区長のときに区の課長職の筆頭の総務課長に抜擢され、仕事のこともあって、子どもの頃によくわが家を訪れていた。第1章で述べたように大の酒好きだった父は、中里さんを家に招き入れて一緒に飲みながら報告を聞いていたのを憶えている。

その中里さんが、私が不動産業を始めた翌年に区長になっていたので、子どもの頃から何かと目を掛けてもらっていたし、できることなら私も何かお手伝いをしたいということから、昭和五十五年三月に刊行された中里喜一後援会編著『逞しき挑戦——江戸区長中里喜一の十五年』（現代出版会刊、徳間書店発売）の編集委員の一人として、その編集、発行のために協力し、活動した。三十代だった私は編集委員（全十三名）のなかでは最も若かったが、著書や雑誌の連載も持っており、その経験を生かすことができたと思う。

中里さんは、区のために独自施策を次つぎに打ち出して名物区長になったが、東京都との関係や二十三区の区長会などで孤立することも少なくなかった（実際に最後まで区長会会長にはなれなかった）。それだけに区民（同時に都民）に直接、施策の狙いや思いを訴え掛けること、つまり発信力がより重要で、だからこそ私は中里さんのことや施策を媒体で取り上げることが大事だと考え、できるだけのことをしていた。中里さんもそれを喜んでくれた。

私は現在、多くのボランティア団体の長を務めているが、それらは区長時代の中里さんの依頼を引き受けたことから始まった。

東大名誉教授の宇野精一さんにも支えられ

中里さんについては、亡くなった平成十三年（二〇〇一）の翌年、私は「江戸川区の発展に貢献した『勇気ある男』中里喜一」とのサブタイトルを付けた『地方行政の達人』（イースト・プレス刊）を上梓した。私にとって二十冊目の単行本だった。

中里さんについては、のちにさらにふれるが、いったん時間を巻き戻して、私の一冊目の本『生きている台湾』の反響がまだ残っていた時期に戻ると、昭和五十五年に私の二冊目の著書『中国ざっくばらん』（20世紀社刊）が出版された。

それは中国を知るには、大陸と台湾の両方の人たち、しかもさまざまな人の生の声、ざっくばらんな声を聞かなければならない、とのコンセプトによって、旅行ができるようになった中国大陸の各地を回って多く人と対話をし、また、前作同様に台湾の人びとの声も聞いてまとめた本だった。この著書でも、前出の戸川さんの「本書は小久保君独特の方法で、若い中国人たちの心理に迫り、文字通りナマの声を生き生きと伝えるものであり、これからますます交流が深まっていこうとしている中国への案内書として、きわめてユニークなものとして位置づけられるだろう」という「推薦の言葉」が載せられている。

さらに同書の帯に、東京大学名誉教授、宇野精一さんによる推薦文も掲載されている。それには次のように書かれている。

「さきに『生きている台湾』を出された小久保晴行氏が幾多の困難を克服して、対話によって書いたありのままの大陸中国である。

なにぶんにも広大な国であるが、『めまぐるしい変化と激動の中で中国に生き続ける平凡な立場の人々が、どんな考え方で毎日を送っているか』を著者自身の目で見た、いつわらざる記録である。必ずや読者は目のウロコの落ちる思いがするだろう」

宇野精一さん（一九一〇—二〇〇八）は、日本中国学会理事長なども務めた儒教研究の大家だったが、私は過分な推薦の辞をいただいただけでなく大変かわいがってもらった。

宇野さんは、多数の著書を出しているが、平成四年（一九九二）には『孫文から李登輝へ』（編著、早稲田出版刊）を上梓している。同書は、一九一二年一月の辛亥革命によって大陸に誕生した中華民国（臨時大総統・孫文）が八十年を迎えたのを記念して出版された。宇野さんは当時、日華文化協会会長（私も同協会理事になっていた）。同協会の記念事業として発行され、私の原稿「蔣経国の経済建設と今後の課題」もそこに加えられた。

その翌年（平成五年）、一緒に台湾を訪問し、台北で総統府を訪ねて、当時の李登輝総統と懇談をしたことも強く記憶に残っている。

なお、宇野さんは日本語や漢字の研究などでも知られ、漢和辞典の編纂（『新修 漢和広辞典』集英社刊）でも高い評価を得ていた。また、『平成新選百人一首』（明成社刊）の編集、監修を行っているように、和歌（短歌）にも造詣が深かった。私も、のちに我流の短歌集を出すようになったが、これも懇意にしてもらった宇野さんの影響もあるかもしれない。宇野さんは平成二十年一月、九十七歳で亡くなった。

矢野弾さんとのコンビで連載と編集・発行

当時のことを少し整理しておくと、私が総武信用組合の理事長に就任したのは昭和五十八年（一九八三）だから、パリから帰って不動産業などを始めて丸二十年たち、最初の本を出して著述にも多くの時間を割くようになって五年目のことだった。

この理事長になるまでの数年間のことを記しておくと、前述の『中国ざっくばらん』を出した昭和五十五年に三冊目の『ベトナム人の旅――地獄からの脱出』（20世紀社刊）を上梓した。台湾人ジャーナリスト李元平さんの協力により同氏の著作を翻訳、再構成したベトナム難民問題を扱った本だ。泥沼化していたベトナム戦争は一九七三年（昭和四十八年）アメリカ軍が撤退した後、七五年に南ベトナム政府が崩壊して南北が統一された。この間、ベトナム人の犠牲者は軍民合わせて百数十万人に上るといわれているが、統一後も大きな問題が残った。社会主義的政策になじめず、あるいは迫害を恐れ、国外に脱出して難民となるベトナム人が後を絶たなかったからだ。ボートピープルとなって他国にたどり着いた難民もいたが、南海の藻屑となった人たちもいた。この悲惨な難民の実情をレポートした。

第3章で述べたように、フランスは旧宗主国としてベトナム情勢に非常に敏感に反応していたし、私自身も、日本から故郷のベトナムに帰ったフランス語会話の先生の行方がわからず、心を痛めていた。そんなときベトナム難民が実際に漂着する台湾で取材を重ねていた著者と知り合い、日本でも出版することになった。

私はベトナムも幾度か訪問してきた。ベトナムとの交流事業を進めていた歌手で俳優の杉良太郎さんに薦められ、日本・ベトナム文化交流協会などの活動も行うようになった（現在、一般財団法人日本・ベトナム文化交流協会評議員など）。

文筆活動では、月刊『20世紀』で昭和五十五年に連載「海外レーダー」が始まり（第1回「どこへ行く中国近代化」）、総武信組理事長になるまで二年半続いた。同時に月刊『カレント』でも連載が始まった。この連載は、タイトル、内容は何度も変わったが、平成三十年の現在も続いている。連載を始めて三十八年。よくここまで続けられてきたものだと思う。これも『カレント』誌の発行元の潮流社の現社長、矢野弾さんのおかげだと感謝している。

この月刊『カレント』という小雑誌について少し説明をしておきたい。創刊したのが元大蔵大臣の賀屋興宣《かやおきのり》さん（一八八九－一九七七）である。賀屋さんは戦前、次官に上り詰めた大蔵官僚で、第一次近衛内閣（昭和十二年～）と東条内閣（同十六年～）で大蔵大臣に登用されて戦時の財政を主導した人として知られる。戦後、東京裁判でA級戦犯として終身刑の判決を受けるが赦免後、政界に復帰して衆議院議員（当選五回）になり、自民党政調会長や法務大臣を歴任した。池田内閣で法相を務めていた昭和三十九年（一九六四）に「自由な個人をベースにおく左右に偏しない世論を喚起する」ことを目的に創刊したのが、この『カレント』誌だった。私が不動産業や美術品の輸入業を始めた時期だった。

私が『カレント』誌の連載を始めたのは賀屋さんが亡くなった（昭和五十二年）後のことだ。同誌の経営は、当時の世界経済調査会理事長の木内信胤《のぶたね》さんが引き継いでいた。木内さんは、池田勇人・佐藤栄作首相などの「歴代総理の指南役」といわれていた人だ。北海道新聞出身のジャーナリスト、根岸龍介さんが編集長をしていた。私は、この根岸編集長の依頼を受けて連載を引き受けた。

根岸さんが木内さんの後、経営を含めて実務を担ってきたが、平成十年（一九九八）に引退。それを引き継いだのが経済評論家で『カレント』誌の発行に協力していた矢野弾さんで、矢野さんが同誌発行元の潮流社社長、そして連載執筆者だった私が編集長を引き受け、このコンビで今日に至っている。

矢野さんは昭和七年生まれだから私より四歳上。昭和三十三年に日本の市場調査会社のパイオニアとして知られる株式会社矢野経済研究所の設立に、兄の矢野雅雄さんに協力して参画した人だ。雅雄さんは、同社を退いた後、九十歳を超えてなおインターネット上で「シンキングライブ」という経済情報サイトを運営している。

矢野弾さんは、平成十年まで矢野経済研究所の代表取締役副会長を務め、『カレント』

誌には昭和五十七年からインタビュアー、執筆者として参加していた。私が連載を始めて二年後ぐらいのときだ。以来、矢野さんとは長い付き合いになっている。

矢野さんは、日本の未来をひらく会、国際都市コミュニケーションセンター、日本バイオベンチャー推進協会など多くの団体の役員を務め、「人づくり」「社会づくり」「未来づくり」などをテーマの講演や情報発信なども行ってきている。

アジア一の大富豪も取材

『カレント』誌の連載では、昭和五十六年（一九八一）から「海外ざっくばらん」が始まり（第一回「裏切られた紅衛兵」）、この連載をベースに編集、再構成して多くの単行本も出した。その最初の本はこの年上梓した『毛沢東の捨て子たち』（世界日報社刊）だった。

当時日本では余り報じられていなかった文化大革命時代に大陸を席巻した紅衛兵の悲劇的な末路を描いたものだ。若い彼らは政治闘争の道具としていいように使われた後、農村支援の名のもとに農山村や辺境に追いやられ、見捨てられて苦しんでいた。日本のマスコミは、文化大革命時代も、その後の大陸の現実に対してもそうだが、その目でしっかり見て、確認し、報道することが、ほとんどできていなかった。

私は、前述のような台湾と大陸における取材のなかで、この現実を知り、『カレント』誌に連載しながら一冊の本にまとめた。これらが評価されて原稿依頼が多くなり、その後の中国大陸や華僑をテーマにした著述につながっていった。雑誌では、ほかに昭和五十七年（一九八二）一月から『経済春秋』（経済春秋社・隔週刊＝廃刊）に月二回の連載も始まったから、雑誌連載が『20世紀』『カレント』を含めて三誌になった。

『経済春秋』誌の場合、「アジア・ウォッチャー」のタイトルで、テーマは華僑。彼らの活躍の舞台である日本だけでなく、香港やタイ、シンガポールの取材なども行いながら執筆した。

こうなってくると、執筆活動も、日々の生活の中にしっかり時間割りをして組み込み、日常化していかなければ、こなすことができない。当然、不動産会社の経営者としての仕事があり、さらに信用組合の運営面の活動も本格化してきていたから、いわば「三足のワラジ」をはいて日々活動することになっていたのだ。

雑誌で連載していると、それを見た他誌や他社の編集者からもよく相談や要請があり、昭和五十八年に『経済界』（経済界刊）、月刊『ビッグマン』（世界文化社刊）などに寄稿したり、インタビューを受けたりもした。

また、月刊『宝石』（光文社刊）の九月号に「ワールド・レポート」として「国際金融都市・香港の〝怪物〟たち」を執筆。月刊『新評』（新評社刊）の十月号では「香港のリッチマンたち・不動産王李嘉誠」を寄稿した。この香港一の大金持ちで、華僑の代表的な成功者として知られる李嘉誠さんには、香港の事務所で取材した。李さんが一代で築き上げた長江和記実業は、いまや港湾経営、小売り、建設、エネルギー、通信を五つの柱とする世界五十カ国余りで三十一万人以上を雇用する巨大企業になっている。

当時すでに大富豪で「不動産王」と呼ばれていた。その後も将来を見据えた鋭い感覚の投資が行われてきたということになるが、この李さんの動向が、平成三十年春、世界的なニュースとして発信されていたので、懐かしく読んだ。

「香港の富豪、李嘉誠氏が引退する。事業家として半世紀余りにわたり活躍し、アジアを代表する資産家となった。八十九歳の李氏は（三月）十六日の年次記者会見で引退を表明。長江和記実業（CKハチソン・ホールディングス）と長江実業集団（CKアセット・ホールディングス）の会長職を五月に退く。その後はグループの顧問として仕事を続ける」（ブルームバーグ・ニュース日本語版）

同記事には、「李氏は二〇一二年に長男の李沢鉅（ビクター・リー）氏を後継者に指名。今後は同氏（五十三歳）が電力会社からスーパーマーケットに至るまで、香港での日常生活に関するほぼあらゆる事業を網羅したコングロマリットのかじ取りを担うことになる」とか、「ブルームバーグ・ビリオネア指数によれば、李嘉誠氏の資産は約三四〇億ドル（約三兆五九〇〇億円）」などと書かれている。

李さんは、大富豪になっていた当時も、朝八時前にはオフィスに出勤し、夜遅くまで残業すると言っていた。事業に一番大切なのは「時期の見極めと切り替え」などとも強調していた。引退の記事を読みながら、三十数年前の取材の際、丁寧に受け答えをしてくれた李さんの姿や言葉を懐かしく思い出した。

時間は自分でつくるもの

いわば何足ものワラジを履いて、国内だけでなく海外も飛び回り、その成果を雑誌記事や単行本にしていると、「小久保さん、よく、そんなに時間がありますね」と言われる。これは当時からそうだった。

確かに年齢を重ねた現在からみれば、よくそれだけ体力があったとは思う。だが、当時は「時間は自分がつくるもの」との考えを持っていた。やるべきことを計画的に生活の中に組み込んでいけば、時間はつくれるものだと考えていた。「時間がある」のではなく、「つくるもの」との考えだった。だから「忙しくてそれはできない」とか「この仕事があるから外国には行かれない」などという発想になることはなかった。もちろん、ものには限度はあるが、何足のワラジを履こうが自分で時間をつくってこなしていくという考えだった。

すでに述べたように執筆活動では、多くの華僑の人たちに接し、その生き方、考え方を取材し、雑誌で連載してきた。そしてそれらの記事をベースに昭和五十九年（一九八四）に『見習え　華僑の処世術』（実業之日本社刊）を上梓した。そのときにはすでに信用組合理事長になっていたが、それが思いのほか評判がよく、さらに連載が増え、その二年後には『華僑の人脈づくり金脈づくり』（実業之日本社刊）の上梓にもつながった。

このように華僑をテーマに多くの著述を手掛けてきたが、私は多くの華僑の人たちと親しく付き合い、取材をするなかで、自分自身も多くのことを学んだと思う。華僑の人たちの現実主義は、私のビジネスや三足、四足のワラジの履き方、生活の仕方、時間づくりなどにも、とても参考になるものだった。

昭和五十七年には『中部財界』（中部財界社刊、隔週刊）で、月一回、「私の観たアジア」の連載も始まった。そこでは「さまがわりの韓国」「低迷する韓国経済」「近くて遠い国、韓国」など、韓国をテーマに取材、執筆を行った。この年、中国関連の本として、五月に『江青小伝―奔流の女』（白馬出版社刊）、十月に『黄河の水澄まず』（世界日報社刊）を上梓した。いずれも現代中国における独裁体制内部の権力闘争について切り込んだものだった。これらも中国や香港、台湾などに在住のジャーナリストや華僑などの協力によって資料を集め、取材を重ねた成果だった。

第5章

信組理事長と文筆業とボランティア

国際ロータリー（RI）地区ガバナーとして地区大会に
ハケットRI会長代理夫妻を夫婦で迎える（1995年）

総武信用組合の理事長に十二年

昭和五十八年（一九八三）、私は総武信用組合の理事長に就任した。

繰り返しになるが、私は会社経営を始めてから取引先の金融機関として、同信組との付き合いをし、その過程で組合員から総代、理事に推され、さらに理事長になる二年前の昭和五十六年に常務理事に就任した。常務理事は、常勤の代表理事だ。畑違いの金融機関の運営ではあったが、不動産会社が軌道に乗り、社員、役員も育ち、会社経営を託すことができるようになっていたから、引き受けることにした。

また、前述のように華僑のビジネスや生き方などを取材するなかで、金融機関の役割、重要性をより強く感じるようにもなっていた。華僑の成功者の多くは事業（創業）資金を仲間同士の「無尽《むじん》」で調達していた。形は違っても金融が不可欠で、それがあっての事業だ。何度もそれを痛感されられた。自分の事業経験に加えて、取材・文筆活動で学んだことも、金融機関の経営に参画する私の背中を押したといえるかもしれない。

当時は深く考えもしなかったが、振り返ってみると、それは日本の金融業界が大きな曲がり角に差し掛かろうとしていた時期だった。戦後の経済の復興と成長に金融機関は大きな役割を演じてきた。金融は、経済活動の「血液」であり、そのスムーズな流れがあったから経済活動や暮らしが成り立っていた。復興の後の高度経済成長が進められるなかで、血液（資金）需要は常に旺盛だったから、金融機関は血液となる預金の獲得に努め、支店網の拡大拡充も図ってきた。昭和二十九年（一九五四）設立の小さな総武信組も地道に支店を増やして五店体制になっていた。

一方、日本の金融制度は厳しい規制の下に置かれ、金利なども含めて自由な競争は抑制されてきた。個人や零細・中小企業金融を担ってきた信用組合や信用金庫も、その縦割りの業態の規制の枠内で競争や成長、拡大を続けてきた。その行政はもっとも力の弱いところでも成り立つように指導する「護送船団方式」と呼ばれるものだったから「金融機関は潰れない」との「神話」も生まれた。日本経済や金融界の試練となった二度の石油危機（昭和四十八年と五十四年）も乗り越えて、その「神話」も再確認されてきたはずだった。だがやはり大きな変化が訪れ始めていた。

総武信組の理事長に就任した昭和五十八年（一九八三）は、前年誕生した中曽根康弘内閣時代だった。日本経済は、第二次オイルショックによる混乱から抜け出していたが、内需が依然弱く、持続可能な成長のためには内需拡大が必須だとして、内閣は財政改革や行政改革（電電公社・専売公社の民営化や国鉄の分割民営化など）に踏み込んでいく。

また、これは大企業などの大口資金が対象だが、「譲渡性預金」という金融市場で自由に売買できる定期預金の発行が認められたため、この年は「金融自由化元年」とも呼ばれている。これが金利自由化と銀行・証券間の垣根を低くする第一歩になったからだ。この自由化は、その後のバブル経済（昭和六十一年〜平成二年）と崩壊をへて、平成八年（一九九六年）に始まる「日本版金融ビッグバン」と呼ばれる金融制度の大改革につながっていく。この過程で多くの金融機関が破綻し、再編の渦に巻き込まれて消滅していった。

先回りして述べると、私が理事長を退くのは平成七年（一九九五）十一月だから、ビッグバンが始まる直前だった。したがって私が理事長だったのは、金融自由化元年からビッグバン直前までの十二年間ということになる。この間、バブルとその崩壊という大きな波乱があった。

なお、信用組合理事長になった昭和五十八年は、千葉県浦安市で東京ディズニーランドがオープンした年だった。江戸川区では総合文化センターが落成した。

同志だった村田三郎理事長の後継として

信用組合の理事長になるには、やはり強い決意も必要だった。すでに常務理事として経営陣に加わっていたとはいえ、理事長となるとまた背負うものが違う。それまでの理事長は葛飾区立石の村田三郎さんだった。村田さんは同信組では私の同志といえる存在だった。

村田さんは、葛飾区を中心に土木事業を行っていた大成土木という会社の社長から同信組の理事、そして理事長になっていた。村田さんの養父の村田宇之吉さんは東京都議会議員を九期（昭和五十四年三月まで）務めた自民党の大物都議で、都議会議長や全国都道府県議会議長も務めていた。戦争中南方に派遣されていた陸軍士官だった村田三郎さんは、戦後復員後、村田家の婿養子になり土木会社も引き継いでいた。私より先輩の理事だった。

私が理事長になる二年前の昭和五十六年、総武信組では、ひと騒動が持ち上がった。当時の理事長が、ある相互銀行が役員を送り込んできたのを受け入れたことから、「乗っ取りを容認するのか」との反対の声が上がり、買収・乗っ取りをめぐる争いになった。放っておくと内紛が激しくなって組合が瓦解しかねないということから、独断専行した理事長に辞任してもらい、村田さんが理事長、私が常務理事という二人三脚の体制で内紛の火消しを行ったのだ。この新体制で総武信組も落ち着いてきた。そこで村田さんが二年の任期で理事長を退任するというので、責任は重くなるが、私が理事長を引き受けることになったというのが経緯だ。

私は元々、金融とも信用組合とも関係のない存在だったが、気づいてみれば理事長になっていた。四十七歳のときだった。成り行き上、あるいは依頼を引き受けているうちに思いもよらない立場になっていた。言い方をかえれば「行き当たりばったり」の多い人生といえそうだ。

総武信組の本店ビルは墨田区緑四丁目にあった。ＪＲ総武線・錦糸町駅の近くだ。早朝、送迎の車で出勤し、午前中は本店で集中的に仕事をこなした。

理事長の仕事は、簡単に言ってしまえば、理事会の運営、決定、それにもとづく管理・運営を行うということだが、会議での討議、決定、稟議や報告を受けて決裁、指示を行う。全店に向けての指示だけでなく、個別の融資案件でも、大型案件は理事長決裁を求められるものもある。それらを朝から集中して行うから、午前中は忙しいことが多かった。

午後は、本店内の仕事だけでなく、都信協（東京都信用組合協会）などの役員にもなっていたから、その会合や仕事などに出ることも多かった。

私が創業した不動会社の方は、その後、事務所を置いていた江戸川区内の木造家屋をビルに建て替え、そこに事務所を集約して銀座の事務所を引き払っていた。信組の常務理事になったときに社長の座は降りて、実務は後継の役員、社員に任せていた。もちろん、自宅近くでもあり、毎日、事務所に顔を出して、相談に乗るようなことはしていた。また、一時期、手掛けていた美術品の輸入販売などからは完全に手を引いていた。

文筆業の方は、理事長になったことから、取材や様子見にやってくる記者や編集者が増えた。「ものを書いている信組理事長」として珍しがられ、面白がられたところもあったと思う。彼らの話にはできるだけ耳を傾け、意見が一致できる企画があれば、こなすようにしていた。ただ、雑誌の連載が多くなると、取材の段取りぐらいは編集部がつけるとしても、実際のインタビュー取材、執筆は一人でこなさなければならないだけに、「時間は自分でつくる」といっても、やはり、さらに工夫が必要だった。しっかりスケジュールを立てて取材し、当時はパソコンではなく原稿用紙に向かうのだから、寸暇を利用して、少しずつでもメモにしたり、整理をしたり、ということも行った。原稿執筆は主として夜や土日に自宅で行った。できた原稿は、出版社の人間が信組本部に取りにきた。

これまで、二足、三足のワラジ……などということを書いてきたが、昭和六十二年（一九八七）には、当時の中里区長の要請を受けて、江戸川区福祉ボランティア団体協議会の会長に就任したのをはじめ、区に関係するさまざま団体の役職に就いていった。これらのボランティア活動については後述するが、それも加わり、私の時間づくり、時間活用も、より緻密に行うことが求められるようになった。

理事長ながら取材、執筆に飛び回る

理事長時代の文筆活動をざっと見ておくと、就任時の昭和五十八年は、月刊二誌の連載に加え、『経済春秋』で続けていた「不況乗り切り策指南・華僑の商法十二章」が同誌廃刊により中途で終わったので、月刊『オール生活』（実業之日本社刊）で、「華僑商法で生き残ろう」をスタートさせた。実業之日本社とは、信組経営者でありながら執筆活動をしているのに興味を抱いてやってきた編集者と意気投合し、協力関係ができた。

その連載では、「危機こそ最大のチャンスなり」「華僑の『しぶとい生命力』を学ぶ」「華僑は『情報』を足で仕込む」「華僑の相互連帯力を見直せ」などの記事を執筆した。自分が携わっている金融、ビジネスの参考になる考えや商法を取材し、執筆していた感もあった。翌年（昭和五十九年）は「在日華僑にみる先見性と決断力」などで在日華僑の大物たちのインタビュー取材も行った。たとえば「裸一貫からリッチマンへ〝山王飯店〟張和祥さんの生き方」「新宿歌舞伎町の覇者〝風林会館〟にみる華僑の開拓魂（林再旺さん）」などだ。

これらの華僑の記事は依然、評判がよく、ダイヤモンド社の月刊『セールスマネジャー』の編集者も訪ねてきて、協議の末に「華僑の格言十二章」の連載を始めた。「肥水不落外人《フェイシュイブラオンワイレ》——団結こそ力なり」「馬馬虎虎《マーマフフ》——開き直って万事中庸に」「有銭可以使鬼《ヨーチエンクーイスイーグイ》——全知全能の力で金儲けを考える」「開源節流《カイユアンジエリス》——〝ケチ〟は商売のすべての基本」などの格言の紹介と解説だ。また、『中部財界』の連載では「ソウルのアングラマネー」「動揺するフィリピン経済」「最大の〝風見鶏〟鄧小平」などの執筆を行った。

この年、月刊『オール生活』の連載記事などを編集、再構成した前述の『見習え　華僑の処世術』（実業之日本社刊）を上梓した。これがよく売れて印税収入が思いのほかあったので担当編集者と何度か祝杯を上げた記憶もある。ほかに単行本では『中国、二つの貌——「中華民国」と「中華人民共和国」』（河出書房新社刊）も出版した。

昭和六十年（一九八五）は、このあと述べるバブル経済の契機となった「プラザ合意」がなされた年だが、月刊『オール生活』で「日本で稼ぐガイジンたち」の連載を始めた。月刊『セールスマネジャー』では、「華僑のカネ儲け処世術」が始まった。「香港華僑のたくましさ」「華僑、タイ王国を乗っとる」「華僑は中国経済建設の母!?」「浪速華僑のド根性一代」など、国内外の取材も行いながら記事を書いた。

総武信組の理事長になって四年目を迎えた昭和六十一年（一九八六）には、『セールスマネジャー』誌で新たな連載「ビジネス社会で勝つ『厚黒学』入門」を始めた。

『厚黒学《ホウヘイシュエ》』というのは、その後、多くの本や関連記事が出されているので目にしたことのある人もいると思う。日本では知る人が少なかったが、中国の知識人やビジネスマン必読の書とされてきた奇書だ。清朝末期の思想家、李宗吾が中国の皇帝や征服者の行動を分析して編み出した「処世術」「成功哲学」で、マキャベリの『君子論』にも通じる書である。

同書は、成功の秘訣として「面《つら》の皮はあくまでも厚く、腹はあくまでも黒くなければならない」と説く。中国や華僑の間ではいまも読み継がれているこの本を知っていなければ、ビジネスの際にも、彼らのしたたかな駆け引き、振る舞い、驚くほどの現実主義、個人主義に振り回され、翻弄されることになる。やはり「彼を知り己を知れば百戦殆《あや》うからず」で、彼らが読み継いでいるこの成功哲学を研究することが重要だ、という趣旨で連載した。これはいまでも通用することだと思う。「性悪説」にもとづく奇書だけに反響はさまざまだったが、それでもその後の同書の研究、普及に多少なりとも貢献したと思っている。

この年、『華僑の人脈づくり金脈づくり』（実業之日本社）を上梓した。

歴史的な「バブル経済」が進行するなかで

昭和六十一年（一九八六）、日本経済は歴史的な転換期に差し掛かっていた。空前のカネ余り、資産価格の止まらぬ膨張、不動産や株への見境のない投機ブーム。その挙句に風船のように破裂し、その後の日本経済・金融に深刻な打撃を与えて「失われた十年」とか「二十年」といわれる深い傷跡を残した「バブル経済」の始まりだ。当時はやがて訪れる崩壊という危機には、私を含む多くの人が思いも及ばなかったというのが正直なところだろう。

総武信組の理事長に就任したときは、前述のとおり中曽根内閣時代で、「ロン・ヤス」関係といわれたレーガン・アメリカは、深刻な財政赤字と貿易収支の大幅な赤字の解消のために、輸出大国として大幅な黒字を計上していた日本に黒字減らしの市場開放と内需拡大を求めていた。そのため中曽根政権は規制緩和や民営化で応じようとしたが、それでは足りず、米国の主張を入れて進められたのが「ドル高＝円安」の是正だった。

為替相場といえば、前述の私のパリ留学時代は、一ドル＝三百六十円の固定相場制で、輸出産業はよかっただろうが、外国で生活し、物を買おうとする場合、円の弱さ、日本の貧しさをつくづく実感させられた。しかし、そのドルが高いままの為替相場では、米国の貿易赤字が膨らむ一方で、さらに「世界の警察」として莫大な軍事費を支出しているから財政赤字も膨大なものになり「双子の赤字」が深刻化し、強硬手段として取られたのが、昭和四十六年（一九七一）の「ドル・ショック」だった。当時のニクソン米大統領が金とドルの交換を一時停止すると宣言してドルが急落。結局、その年、「一ドル＝三百八円」の合意を経て、昭和四十八年に日本も他の主要国同様に変動相場制に移行した。変動相場制だから需要と供給の関係で通貨価値が動くはずだが、ことはそう単純ではなく、各国の思惑が絡み合う相場になる。円もだいぶ高くなったが、輸出産業が経済をリードする日本では相場が「円高」に振れることを常に恐れ、「円安」を望む傾向が強かった。

私が信組の理事長に就任した年（昭和五十八年）、円安（ドル高）がアメリカの財政と貿易収支の赤字を深刻化させていると米側が強く主張し、その対策として「日米円・ドル委員会」が設置され、やがて「ドル高」要因などの報告書が作成される。これが為替市場への介入や、その後の日本の金融市場の自由化、国際化の契機となったとされている。

そして昭和六十年（一九八五）九月、日米を含む先進五カ国が、「ドル高を是正して円高に誘導する」との「プラザ合意」を発表した。為替市場に協調介入する合意をしたのだ。この発表を受けて一ドル＝二百四十円前後だった円相場は急騰して約三カ月で二百円を割り込み、一年後には一ドル＝百五十円近くまで上昇した。

円の急騰によって日本の経済を牽引してきた輸出産業が苦境に追い込まれ、それを救うために行われたのが日銀の金融緩和だった。これが空前のカネ余りを生み出して資産価格の膨張、投機ブームを招いた――。というのが、バブル発生に至る経緯である。

公定歩合の引き下げが行われたのが昭和六十一年一月。五％から〇・五％引き下げられた。さらに連続して〇・五％ずつ引き下げられ、翌六十二年二月には二・五％と一年で二分の一になった。この公定歩合の引き下げは、市中の銀行、金融機関に日銀が資金をどんどん流す「大盤振る舞い」に等しく、市中にあふれた資金が不動産や株式市場に流れ込み、地価や株価を急速に押し上げた。

この資産価格の上昇は、マクロ経済に対しては好影響も与えたから、日本経済は昭和六十一年（一九八六）十二月から平成三年（一九九一）二月まで五十一カ月続く景気拡大局面にあったことも確かだった。

だから信用組合でも、バブル景気だったにせよ、取引先の組合員の経営も表面上は好調だった。資金が潤沢で、金利が下がって利ザヤが縮小している分、それを量で補う、つまり貸し出しを増やすことで多くの利ザヤを稼ぎ出すとの基本方針で営業が進められた。信用組合はあくまでも組合員の協同組織だが、双方が好調に見え、「花見酒経済」などとの評もあったが、信組も組合員も景気拡大局面をもっぱら謳歌していたといえるかもしれない。

ただ、この金融緩和策は、「輸出主導」から「内需主導」の経済への転換のためだったはずだが、実際は潤沢な資金は不動産や株式などの投資、投機に回された。企業経営でも、「財テク」の名のもとに、本業以外の資金運用で収益を求める経営がもてはやされた。その結果、株価は数年で四倍以上に上昇、地価も前例のない上昇を示し、東京都区部では二年で三倍近く高騰した。この間、「地上げ」なども社会問題化した。さらに投機はゴルフ会員権や美術品にまで広がり、これらの価格が際限なく高騰し、まさにバブルの如き経済となった（なお、日銀は平成十八年八月から市中金融機関に貸し出す際に適用する基準金利の「公定歩合」の名称を廃止、「基準割引率および基準貸付利率」と呼ぶようになった）。

迫るバブル崩壊の危機への警戒感

バブル経済は、私が信組理事長になって四年目に始まった。バブルの進行とのちの破裂・崩壊を、私は金融業界のなかにいて身をもって経験したのだが、当初はもちろん「バブル」という意識より、前述のように「公定歩合引き下げ」から「景気の拡大」「好景気」ととらえ、好感を持って迎えていたといえる。

だが、世を挙げての財テクブーム、投機ブームという大きなうねりは、好ましく思っていたわけではない。だが、小さな信用組合では大海に浮かんだ小舟にも似て、波の勢いはどうすることもできない。せいぜい舵取りを間違えず、転覆しないようにする程度である。

振り返ってみると、執筆者としての私は、昭和六十二年（一九八七）くらいから、やや注意信号気味の情報を発信し始めていたのではなかったかと思う。もちろん十分なものではなかったが、たとえば『セールスマネジャー』に「米国のホンネはインフレ政策!?」などで警戒心が必要なことを説いた。この年十月、ニューヨーク株式市場で株価が大暴落した。十月十九日の月曜日、ダウ平均が二〇％以上急落した。一九二九年の世界恐慌の引き金となった「ブラックサーズデー」を上回る暴落で「ブラックマンデー」と名付けられた。暴落の背景には「双子の赤字」に加え、金融・為替政策を巡る米独の対立、米・イラン間の軍事的緊張などがあった。

この暴落に対して各国の金融当局が協調して対処したため世界恐慌を招くことはなかったが、日本では、その影響から日銀がバブルに歯止めをかける利上げに躊躇し、その結果、バブルがさらに膨らみ、より大きな崩壊と長期停滞につながったとされている。

この年十一月、竹下登内閣が誕生した。そしてその翌六十三年半ばに、政界に新規上場株をバラまいたという、いかにもバブル時代ならではの「リクルート事件」が火を吹く。

私は『セールスマネジャー』に「経済パニックは来るか!?」「大国アメリカは衰退しない!?」など、現状への注意力と警戒心を高める必要があるとの認識によるレポートを発表しながら、一方で、経済学だけでなく華僑の生き方、処世術などからも学んできた発想法などを踏まえ、平成元年（一九八九）に『セールスマネジャー』に「人のピンチはすべてチャンスだ!!」「アメリカ人とビジネスする法」「動乱こそ最大のビジネス・チャンス!?」、そして平成二年に「倒産のあとに来るもの」などを書いた。危機は確実に迫りつつあったが、当時はバブル崩壊とその後の大銀行や大証券会社まで続々と破綻していく壮絶な金融業界の行く末を正しく予測できた人は皆無に近かったと思う。私が理事長の信組でも、多くの組合員の業績はまだ好調を維持していた。

年号が平成となった四月、竹下内閣は消費税（当初三％）を導入し、同時に日銀が公定歩合を引き上げた。その竹下内閣もリクルート事件による政治不信などから総辞職し、そのあとを受けた宇野宗佑内閣は二カ月で倒れて、海部俊樹内閣になった。目を外に向ければ、天安門事件（六月）やベルリンの壁の崩壊（十一月）という大ニュースが世界を駆け巡っていた。

この間、消費税導入や公定歩合引き上げで、信組組合員の多数を占める商工業者は売り上げの落ち込みに直面する。それによって資金繰りが悪化すれば、月々の借入金の返済にも窮するようになる。金融機関にとっては延滞の発生という困った事態に直面する。

金融機関は、金利上昇の金融引き締め局面を迎え、多くは貸し出しの姿勢を切り替え始めた。このようなマイナス要因がありながら株価だけは上昇を続け、東証の日経平均はこの年十二月二十九日、三万八千九百十五円八十七銭の史上最高値を付けた。

これは、灯滅《とう》せんとして光りを増すという、消える寸前の大きな炎、高値だったといえるのだろう。この高値を最後に株価は翌年急落する。バブル崩壊だ。金融界も大きな危機を迎えた。

なお、その平成二年（一九九〇）には『世界の読みかた歩き方』（イースト・プレス刊）と『人の知恵と力をうまく生かす私の方法』（三笠書房刊）を上梓した。雑誌などの連載記事をベースに再構成、編集したものだ。

私にとっての「ボランティア元年」

バブル崩壊が金融機関を直撃するのは、前述の融資金の回収ができなくなってくること、つまり、「延滞」の発生だ。毎月返済されるはずの貸付金が期日に返ってこない。その延滞が増えているとの報告を日々聞かなければならなくなるのだが、それを述べる前に少し時間を巻き戻すと、バブルが始まって間もない昭和六十二年（一九八七）、私はその後の人生を決定づける大きな一歩も踏み出した。同時にそれは江戸川区との関係の深まりも意味していた。

これまでも述べてきたように、親交のあった当時の中里江戸川区長から、「ぜひ会長に」と要請され、江戸川区福祉ボランティア団体協議会（当時は江戸川区ボランティア団体連絡協議会）の会長に就任した。私はボランティアについての意識も知識もいまのようにはなかっただけに躊躇したが結局、引き受けたのは、ボランティア・グループの人たちから推薦されたと言われたことと、「江戸川区にとって今後さらにボラティィアが重要になってくるので」と中里さんが熱心に説いたからだった。

現在、この協議会会長を引き受けて三十年以上たつ。同協議会は、区内のボランティア・グループの連携や交流を進めてボランティアの普及、活性化を図っていこうという団体だ。高齢化時代を迎えて、江戸川区でも特養ホームや老健施設や障害者施設が次つぎに建設され、そのような施設で福祉ボランティア活動を行うグループが生まれ始めていた。それらの団体の情報や意見の交換をしたり、仲間の交流会を開いたり表彰をしたりするのが仕事だ。私はその会長としてボランティアの人たちの話を聞き、交流と活動を進めるうち、自然にボランティアに対する意識を強く持つようになり、その後の人生で大きなウエイトを占めるものになった。同時に中里さんが強調したように、江戸川区にとってボランティアが重要で、その役割も大きくなる一方であることを再認識させられている。続く多田正見区長も「ボランティア立区」をめざしているから、福祉に加え、教育、防災、防犯、災害対策など、さまざまな分野でボランティアの重要度が増していくのは確実だ。

こうして昭和六十二年（一九八七）は、私にとっての「ボランティア元年」になった。

また、この年、やはり中里さんに乞われて江戸川区の文化会会長にも就任した。文化会については第二部で詳述しているが、区唯一の公認文化団体で、毎年多くの人を集める江戸川区文化祭を主催している。やはりそれから三十年以上、会長を務めている（文化会には高校時代から参加している江戸川区美術会も加盟。現在会長）。

ボランティア活動では、大きな出来事がもう一つあった。協議会会長になった翌年（昭和六十二年）、やはり中里さんに説得され、障害者授産施設「つばき土の会」の設立準備会の会長になったのだ。これも重要な出来事になった。協議会とは違い、ボランティアの最前線に出て、重責を担う当事者として汗を流す立場になったからだ。

「つばき土の会」は、「もぐらの家」という障害者授産施設を運営していた。役所の材木置き場のような場所のバラック建ての粗末な施設だったから、放置しておけないので建て替え話が持ち上がったのだが、「もぐらの家」はそれまで運営していた法人から独立して福祉法人化をめざして動き出したところから事態が紛糾する。しかも区の補助金をめぐり、入所者たちが区役所前にテントを張って抗議、訴える騒ぎにもなっていた。

区は施設を支援してきたが、経営する法人とトラブルを起こしていては手出しできなくなる。そこで中里さんから、設立準備会の会長になって、事態の収拾を図り、新たな施設の建設、運営を進めてほしいと要請されたのだ。

区役所前の訴えなどの混乱も目の当たりにしていたから、躊躇する部分もあったが、やはり中里さんの熱のこもった説得に承諾せざるを得なかった。ただ、取り組みの基本方針として、「もぐらの家」は社会福祉法人として独立させ、建物は堅固なものに建て替える、区はそれを支援する、などの点を確認し合って、設立準備会の会長になった。

その後、具体的に問題解決に向けて動き、現在の江戸川区春江町の区有地（九六八平方メートル）を借りて鉄骨耐火造りの三階建ての施設を建設し、社会福祉法人「つばき土の会」を設立、認可を受けて私はその理事長に就任した。平成七年五月のことだったから、準備委員会からこの段階まで約七年かかった。私はその後もこの社会福祉法人の理事長として運営に当たっているが、設立までの経緯などは平成十年に『ふくしの家の物語——授産施設「もぐらの家」の30年』（イースト・プレス刊）にまとめた。また、拙著『東京創生』（同）にも記したことだが、施設の建設費約二億円のうちの不足分八千万円は、私を含む理事十人全員が連帯保証人になって調達した。無償の好意による連帯保証だが、全員が判を押してくれた。

私は信組理事長だったから、金融、資金手当てには慣れていて抵抗感はもとよりなかったが、他の理事はそうではない。説明を聞いてよく承諾してくれた。大変ありがたいことだと思った。

中里さんも喜んでくれて、当時十八歳以上の身体障害者三十名が居住していた授産施設「もぐらの家」の落成式（平成七年十一月）では、私の謝辞に続いて、激励の挨拶をしてくれた。それでひとまず中里さんの期待に応えることができたと、ほっとしたことを思い出す（借入金は返済期間二十年で無事完済）。

「もぐらの家」は、その後も、法律改正（障害者自立支援法施行）や入所者の高齢化などによって、幾度も難しい局面を迎えながら私のボランティア活動の重要な柱の一つとなっている。

ロータリー地区ガバナーの時にバブル崩壊

ボランティアついでに述べれば、私は信用組合の経営に関与する前から「ボランティア」との意識は余り持っていなかったが、ロータリークラブの活動を行っていた。昭和四十三年（一九六七）、パリから帰って事業を始めて五年目、三十一歳のときに東京江戸川ロータリークラブの会員になった。ロータリークラブはまさに「社会奉仕」の団体である。

私は若くして会員になり、同クラブの幹事、会長を務め、総武信組の常務理事時代には、執筆活動でも親交を深めていた台湾の台北東ロータリークラブと姉妹クラブ提携も行った。台湾の人たちは親日的で温かい、人のよい人たちが多いということから賛同者も多く、姉妹クラブ提携が実現した。

ロータリーの活動では、信組の理事長時代の平成六年（一九九四）、私は国際ロータリー第２５８０地区（東京と沖縄の計約七十クラブ）の地区ガバナーになった。地区ガバナーは、地区全体の統括者（最高運営役員）であり、国際ロータリーの役員ともなる。任期一年だが、その重責を果たすために事前に「次期ガバナー」として指名を受け、「ノミニー（指名された人)」となる。ノミニーは、ガバナーに就いたときに重責を担って一年間フルに活動できるように、国際協議会や研修セミナーなどに出て、しっかり準備をする。私は、ガバナー就任の一年半以上前の平成四年秋にノミニーになり、国内外を忙しく回り始めていた。

この国際ロータリーのノミニーやガバナーとして動いていたとき、バブル経済は崩壊し、信組としては、その後始末の過程にあったといえる。

ただ、当初は「崩壊」との強い危機感より、「長期の好景気の終焉」というとらえ方の方が強かったのではないかと思う。もちろん好景気の終焉は、信組の組合員である商工業者などにとっては売り上げの減少や資金繰りの悪化、決算の赤字転落という結果を招くし、信用組合(金融機関)にとっては、貸付金の返済の「延滞の発生・増加」という困った形で表面化することになる。

総武信組の場合、都内でも特に中小零細業者の多い墨東地域を営業エリアにしていた。実際に組合員(約七千名)のほとんども零細業者であり、多くは体力がない。売り上げが落ち出すと、たちまち資金繰りが悪化して、ほかでカバーする道がないと、延滞の発生、増加ということになる。もちろん、延滞の発生は総武信組だけの問題ではない。取引先である組合員も、総武信組をメインバンクにしているとは限らない。実際は他の機関とも取引しているケースの方が多いから、延滞情報をはじめ取引先（組合員）の実情をしっかり把握しておかなければならない。そのようなことを内部で注意喚起し、手を打てることがあれば、できるだけ早く打っていかなければならない。このようなことから、信組では営業よりこの延滞対策に追われるようになっていった。

バブル経済は前述のように平成二年（一九九〇）に株が暴落し、続いて翌三年に地価の下落も始まり、崩壊した。その決定打となったのが、旧大蔵省が平成二年三月に行った「不動産総量規制」だった。地価高騰と土地投機を抑えるためとして、金融機関に不動産向けの融資の総量を規制する通達を出したのだ。これが「消費税導入」「公定歩合引き上げ」に続くダメ押しの一打となった。これによって翌年から地価が急激に下落していった。

さらに日本経済や金融界に打撃を与えたものがある。平成三年一月に湾岸戦争が勃発し、株価をさらに下押ししたことと、この年、証券・金融スキャンダルが相次いで発覚して金融業界の混乱をいっそう増幅させたことだ。証券スキャンダルでは、株が暴落するなかで行われていた野村證券をはじめとする大手証券の巨額「損失補填」が国会でも問題になった。そしてこの巨額の補填は、のちの山一證券の破綻にもつながった。

バブル時代には、前述のように企業が本業以外の資金の運用で利益を求める財テクがもてはやされた。信組の取引先（組合員）の中小零細企業や個人事業主でも同じで、やはり、財テク、投機に走っていたところほどバブル景気の崩壊の波をいち早く被ることになった。投機対象の不動産や株が暴落すると、「損切り」、つまり損失を出してでも売却して運転資金や金融機関への返済資金をつくろうとするが、売れないし、売れてもそれが下押し圧力になり、さらに資産を下落させるといった悪循環に陥っていった。不動産などは総量規制により、金融機関が融資をしないから、ダンピングをしても買い手がつかない状態になっていた。

これは総武信組に限ったことではないが、貸付金の返済の延滞が増えただけではない。担保の不動産価格の下落によって担保割れが生じて追加担保が必要になる。バブル期なら逆に担保物件の値上がりで、担保枠が大きくなり、追加融資さえ可能だったかもしれないが、担保価値が下落している。しかも総量規制で新たな融資は抑制していた。資金繰りが苦しくなった貸付先から追加融資の申し込みがあっても、それは不可能な相談である。

しかも、延滞が増えるだけでなく、それが三カ月、半年……と続いて不良債権と化し、さらに金融機関は「貸倒引当金」の積み増しも行っていかなければならない。実際に延滞から取引先の倒産、貸し倒れといった事態が続き、担保物件の資産価値の暴落によって元本もほとんど回収できないような困難な事案が増加の一途をたどるようになっていた。

取り引き先の組合員もそうだが、信組の方も選択肢がどんどん狭まり、ひたすら延滞や不良債権処理に奔走するようになっていった。しかも、時間の経過とともに困難の度を増し、私が総武信組の理事長の座を退く最後の二、三年間は、このバブル金融の「後始末」に多くの時間と労力を費やすはめに陥っていた。

阪神・淡路大震災にオウム……波乱の年に辞任

私が十二年務めた総武信組理事長を辞任した平成六年（一九九四）は、公私ともに波乱の一年だった。始まりは一月七日の阪神・淡路大震災だった。そのとき私は信組理事長であるとともに前述のとおり国際ロータリー第２５８０地区（約七十クラブ）の統括者の「地区ガバナー」の任にあった。

信組理事長としては、バブル崩壊後の資産デフレに追い打ちをかける「メキシコ通貨危機」による急激な円高が加わり、多くの組合員がいっそう厳しい状況に追い込まれていた。

それにどう対処するか。金融機関はどこも困難な課題を突き付けられ、対応に追われていた。

一方、私はロータリーの地区ガバナーとして、大震災発生直後から、「この事態に何をするべきか」を考え、被災地への義援金の募金活動に着手した。その活動の背中を押したのは前述のボランティア団体協議会の会長や福祉施設の理事長になって、より強く抱くようになったボランティア意識や使命感だったと思う。各クラブに呼びかけ、集まった義援金を地元神戸のロータリークラブが所属する地区ガバナーに届けに行った。

また、地区ガバナーの任務として、地区大会や国際大会などに出席するとともに、約七十の所属クラブのすべてに足を運んだ。沖縄の約十のクラブ、東京の約六十のクラブである。

国際ロータリー第2580地区に所属する東京のクラブは、東京都の地図を横に二つに区切って北半分側にある地区の約六十のクラブである。私の江戸川区は東の端で、西に向かって江東、墨田、台東、千代田、新宿、中野の各区などや武蔵野、福生、あきる野の各市などにある約六十のクラブだ。また沖縄一区と東京五区の計六分区も設定されていて、それぞれの地区の大会や協議会にも出席して、国際ロータリーの役員としての報告、指導などを行った。

この活動が同年六月末日まで続いた（ロータリー年度は七月一日～翌年六月三十日）。この間の三月に起きたのが地下鉄サリン事件で、五月にオウム真理教の本部捜索、幹部らの逮捕となった。震災にサリン、さらに前年の「メキシコ通貨危機」によって初めて一ドル＝百円を突破していた円が、この年四月に一ドル＝七十九円七十五銭と戦後最高値を記録するなど、文字どおりの「大変」な一年であった。

地区ガバナーとして一年間の任務を全うしたときは、義援金も贈ることができ達成感を得ることができた。それとは裏腹に、総武信組の方は、業績の好転どころか、事態を多少でも改善する兆しも、それに向けての抜本策も見出せないでいた。

結局、それから半年もたたず、同年十一月に理事長を辞任した。辞任は、総武信組という個別の信用組合における人事問題ではあるが、金融機関の多くが、あるいは業界全体がすでに「現状維持」では存続不可能になっていた。政策的につくられたバブル経済、それを軟着陸ではなく、「総量規制」などで強引に終息を図ったがために、スキャンダルまみれの金融機関だけでなく、業界全体が沈没しかかっていた。

金融業界ではその後の平成八年（一九九六年）から「日本版金融ビックバン」と呼ばれ

る制度大改革が行われる。「銀行は潰れない」の神話も崩れ、都市銀行初の経営破綻となった北海道拓殖銀行を皮切りに多くの金融機関が破綻し、また、再編の渦に巻き込まれて消滅していった。総武信用組合もその一つだった。

私が完全に手を引いた後の同信組は、平成十一年に経営が行き詰まり、当時の都民信用組合が預金保険機構の資金援助を受けて事業を譲り受けたが、その都民信組も破綻し、結局、現在は分割されて第一勧業信用組合と城北信用金庫、西京信用金庫が事業を継承している格好になっている。

こうして私が理事長だった信用組合は解体、消滅した。繰り返すが信用組合は組合員による協同組合組織である。主役は組合員で、多くの組合員の生活、事業を支えるための金融機関である。姿を変えても、また、金融の役割が変わってきているとしても、それを支えるための血液を補給して続けている主要な機関であり続けていると思いたい。

私にとっては思いもよらなかった十二年以上という長期の金融機関のトップの座だった。私が退いた後、より厳しい道を歩むことになったであろう当時の約百名の役職員とともに行ってきたことは、困難な事態を迎えるなかでは十分とはいえなかっただろうが、当時の組合員を支えることや次への〝つなぎ役〟としての最低限の責任は果たしたのではないかと思っている。

なお、文筆活動では、平成四年（一九九二）に『中金持ちへの知恵袋』（イースト・プレス刊）、『孫文から李登輝へ』（前掲・共著）、平成五年に『地球ビジネス交流術』（イースト・プレス刊）を上梓した。ロータリーのノミニーとして奔走し始めた平成六年は前述『カレント』誌の連載のみだった。前掲『地球ビジネス交流術』は同誌連載を再構成したものだ。

阪神・淡路大震災が起きた平成七年には、国際ロータリー地区ガバナーとしての活動報告ともいえる『ロータリーの四季』『ロータリーと人生』（いずれもイースト・プレス刊）をまとめ、刊行した。

第6章

江戸川区の代表監査委員として

東日本大震災の被災地を区派遣職員の激励を兼ねて視察（2011年6月、気仙沼市）

不動産会社の代表取締役に戻る

総武信用組合では、常務理事の時代を含めると、昭和五十六年（一九八一）五月から平成七年（一九九五）十一月までの十四年六カ月、経営に参画した。最後の二、三年は、個人の力ではいかんともしがたいことを思い知らされる日々であった。それでも何か対策を考え、行動しなければならない、悪夢のような時間を送ったといえるかもしれない。

同じ時期、ロータリークラブでは、地区ガバナー（統括者）として、その前年はノミニー（指名された人）として活動していた。しかもガバナーのときに阪神・淡路大震災にも遭遇した。

当時の私は、いずれにも懸命に取り組んでいたが、ロータリアンとして活動するときに自分を取り戻すような感覚になっていたのではないかと思う。

理事長を退いた後は、不動産会社（前述の株式会社トーヨー）の代表取締役に戻った。不動産事業はバブルとその崩壊の影響を受けなかったといえば嘘になるが、信用組合理事長の会社でもあり、用心深く事業に取り組んでいたから致命的な傷を受けることはなかった。不動産会社などには自己資金や経営能力などは度外視して、ただ無責任に土地を買い漁り、資産、負債を膨らませるだけ膨らませて破綻していったところが少なくなかった。信組の取引先にももちろんあったが、信組理事長としては、地価の高騰、バブルには警戒感を抱いていたから、不動産事業でも投機的なことに走ることはなかった。もちろん私自身、著作でも何度も扱った「華僑の商法」からも学んだことだが、事業は「金儲け第一」と考えてきた。しかし、目的や資本、能力などを一切無視して「行儀の悪い」ビジネスをするつもりは元々なかったし、それを平気で行うような環境や立場にもなかった。

そのため信用組合の経営の行き詰まりや自らの限界を痛感したときに理事長を辞任し、元の会社の代表取締役に戻った。ただ、当時、ある個人的事件で多額の被害を受けたため、その解決に多くの時間を費やし、後遺症も長く続いた。会社経営に復帰しながら、やや不本意な時間を過ごしていた時期でもあった。

この間も、もちろん執筆活動は続いていた。平成八年、九年は、長く続いている前出の月刊『カレント』誌の連載で「海外ざっくばらん」シリーズを執筆し、十年には私が理事長の「もぐらの家」の歴史や現実、福祉現場の実情などを描いた前出『ふくしの家の物語』、十一年には、『死んでたまるか、日本』(いずれもイースト・プレス刊)を上梓した。

江戸川区の代表監査委員に

平成十二年（二〇〇〇）二月、私は江戸川区の代表監査委員に就任した。これもそれまで予想もしていないことだった。その少し前、旧知の江戸川区の区議会議員が私の会社にやって来て、監査委員になってほしいという。突然の話だったが、聞くと、「前任の監査委員が辞めるので後任を探している」「小久保さんなら信用組合の理事長も長くやっていて経理にも明るいし、会社経営も何十年もしていて経営能力も認められるから、議会の方で『ぜひ』と推す声があがっている」との説明だった。

事情はわかったが即答はできなかった。私は会社を経営しているだけでなく、前述のようにボランティア団体の会長や社会福祉法人の理事長など多くの活動を行っている。しかも監査委員といわれても予備知識もなく、自分がやるべきこととは思えなかった。後で他の区の様子を聞いても、監査委員には区議会議員を長くやっていた人や職員ＯＢ、あるいは公認会計士や弁護士のような人が多い。私はやはり畑違い、自分に合う職務ではないのではないかと思ったが、引き受けることになったのは、何日後かにわざわざ私の家を訪ねて来られた多田正見区長の勧めによる。

多田さんは、その前年、中里喜一さんの後継者とし江戸川区長に就任していた。中里前区長については何度も述べてきたが、三十五年余にわたって「後進区」といわれていた江戸川区の発展に力を尽くしてきた名物区長だった。私が社会福祉法人理事長やボランティア団体の会長になったのも、中里さんの要請によるものだったことはすでに述べた。

その中里さんから後継者に指名された多田さんは、東京都に入都し、江戸川区では区民課長、緑化公園課長、区政情報室長などを歴任して、教育長を務めていた。平成十一年（一九九九）四月の区長選挙では有力な対立候補がいて厳しい選挙戦になったが、初当選した。それ以降は持ち前の行政手腕に裏打ちされたリーダーショップを発揮し、区財政の立て直しをはじめ顕著な成果を上げて圧倒的な支持を得て、平成二十七年（二〇一五）には連続五期当選を果たしている。

その区長一期目の多田さんが、わが家に来られた。区議の要請に即答しなかった私への直談判だった。「監査委員のことは何も知らないので」と言うと、区長は「心配はいりません。事務局が組織として動きますから」と監査委員の仕事や仕組みを説明してくれた。

私は区長選挙を通じて、堅実な行政手腕や温厚篤実な人柄を知っていたし、中里さんの後継候補でもあるから、とうぜん多田さんを応援した。その多田さんがそこまで言ってくれるのだから、生まれ育った江戸川区に少しでも役立つのなら、と引き受けることにした。

過去にも同じようなことがあった。中里前区長の説得でボランティア団体の会長や理事長になったときだ。ただ今回の監査委員はボランティアではない。それに自分の会社の仕事もあり、毎日出ることは難しいので、「非常勤なら……」との条件付きで引き受けることになった。

こうして平成十二年（二〇〇〇）二月二十八日の区議会で、多田区長提案の「監査委員就任の承認」案が、満場一致で可決承認され、私の監査委員（非常勤の代表監査委員）就任が正式に決まり、多田区長から任命状を受け取った。

それからじつに十八年以上たった。すでに五期目だ。これも予想外のことで、就任当時、これほど長く続けるとは夢にも思わなかった。

平成二十九年八月、地方自治法施行七十周年を記念した「監査事務功労者総務大臣表彰」で、私は野田聖子総務大臣から大臣表彰を受けた。「監査委員又は監査事務職員として多年にわたり在職し、地方自治の発展に功労のあったと認められる」と表彰されたのだ。

表彰されたのは全国の勤続十年以上の監査委員（元職含む）二百二十二人と勤続十五年

以上の職員八人の計二百三十人だった。特別区（東京二十三区）の監査委員は私を含めて七人、うち現職は私ともう一人（千代田区の監査委員）の二人だけだった。「十年以上表彰」で私は二倍近い在職年数だ。複雑な気持ちにもなったが、これが可能となったのは何よりも健康だったからだ。監査委員は「非常勤」だとしても、相当の時間と体力、注意力などが必要だ。だから、まずそれを有難いことだと思った。

さらに、平成三十年十月一日、小池百合子東京都知事から、「地方自治の発展につくした功績」によって、東京都功労者表彰をうけた。

監査の職務、スケジュール最優先の十八年

監査委員は、関係者や役所の職員以外には余りなじみがないと思う。何をする役職か。国なら会計検査院とか、会社などでは監査役のような存在だ。首長（私の場合は区長）が議会の承認を得て選任するが、その首長からも独立した権限をもって、行政の財務や事務管理が公正、効率的に行われているかを審査する。もっと簡単に言えば、税金が有効に使われているか、事業が本来の効果を上げているかをチェックする仕事だ。

地方自治法で設置が義務付けられていて、都道府県や人口二十五万人以上の市や特別区（江戸川区は約六十九万人）には四人の監査委員が置かれる。四人のうちの二人は現職の議員（非常勤）から、残る二人が私のような民間から選ばれる。民間から選ばれた二人は、常勤、非常勤一人ずつで、うち一人が代表となる。

私の一期目、民間のもう一人は、江戸川区議会議員を三十年以上務めた日下部義昭さんで、日下部さんが常勤監査委員、私が非常勤の代表監査委員になった。

監査委員としての仕事内容や行動については前著『東京創生』に詳しく書いた。私が付けている記録を見ると、非常勤といっても区役所に毎年百六十〜百八十日出勤している。区の職員の出勤日数の七割以上になるだろう。非常勤の監査役としては東京二十三区のなかでも多い方だと思う。ただ、いつも監査委員室にいるわけではない。庁舎内に特別の案件がない日は、半日ぐらいで外に出ることも少なくない。監査は「現場第一主義」だから行政の最前線に赴くことも多い。また、多くのボランティア団体の役員になっているから、その会合に出たり、経営している会社に関することなど私的な要件をこなしたりもする。だからこそ、非常勤にしてもらったのだ。

私の日常ということでは、ほかに月刊『カレント』誌の連載など、文筆活動も続けているから、やはり何足かのワラジを履いているといえるが、監査委員は非常勤でも、監査の年間スケジュールが区の会計や議会との関係で決められており、監査委員室の事務局長以下の職員も、それに合わせて職務をこなす。監査委員も当然、その任務スケジュールにしたがって職務を遂行しなければならない。

だからワラジを何足履いていようが、監査委員の職務、スケジュールを最優先させてきたのが、この四期十六年と五期目の現在進行形の二年の計十八年ということになる。

監査の具体的な内容は、毎月末に行う出納の検査（「例月出納検査」）と毎年度の決算の点検、審査（「決算審査」）がある。一般会計はじめすべての会計の決算の審査だ。

それにすべての部、課、室、局（それに保健所や清掃事務所など）、つまり役所のすべての組織ごとに、それぞれの事務や予算の執行、財務などが効率的、公正に行われているかを毎年一回チェックする（「事務事業監査」）。この検査が、対象がもっとも多く時間も一番かかる。区立の小・中学校や幼稚園も検査の対象で、現場に赴いて校長などから報告を聞いて行う。ただ、江戸川区には区立の小・中学校が百六校あり、一年では回り切れないから、三年に一回の頻度で回って監査する。

また、区が手掛けている道路や橋、あるいは学校改築などの工事現場に直接出掛けて行う監査（「工事監査」）もある。

ほかに図書館や総合区民センターなどの文化施設や区民施設、グラウンドや体育館などのスポーツ施設なども審査の対象だ。このような区の施設は、いまは「指定管理者」制度が導入され、民間会社などが運営を担っている。その運営状況を審査するのだ。江戸川区には長野県の「穂高荘」や新潟県の「塩沢江戸川荘」、それに葛西臨海公園内には「ホテルシーサイド江戸川」もある。それらの施設の運営も視察、監査する。区から財政の援助や出資を受けている施設や団体も一定額以上の受給団体は対象になる。認証保育所や社会福祉法人、NPO法人など多数が対象になっている（以上は「財政援助団体等監査」）。

監査の結果は、監査委員で合議し、首長（区長）、議会に報告する。その際、組織および運営の合理化に資するための意見を添える。その報告は区役所のホームページなどでも公表されている。

また、監査には上記のように必ず行う「一般監査」と住民からの直接監査請求などがあったときに初めて行う「特別監査」がある。「特別監査」の結果も報告し、内容を公表している。

監査委員になってからの執筆活動では、平成十四年に前出の『地方行政の達人――江戸川区の発展に貢献した「勇気ある男」中里喜一の軌跡』を上梓した。中里さんが、その前年一月に急性肺炎で亡くなり（享年八十八）、私は古い記憶もたどりながら、江戸川区を「住みやすいまち」「住んでみたいまち」にするために情熱を注ぎ続けた中里さんに感謝を込め、三十五年にわたる区政の記録、功績、その言葉の数々をまとめたものである。

「圓蔵寄席」や『泣き笑い人情噺』を

平成十五年（二〇〇三）には『八代目橘家圓蔵の泣き笑い人情噺』（イースト・プレス刊）を上梓した。

「平井の師匠」と呼ばれていた落語家の八代目橘家圓蔵さんは、平成二十七年（二〇一五）に亡くなり、江戸川区平井の家は区が買い取って、現在、記念館『ひらい圓蔵亭』（二十九年七月竣工）として落語会を含め区民がさまざまな形で利用する施設になっている。

私は圓蔵さんとは親交を続けてきた。多くの区民も師匠を愛し、応援してきた。

私がボランティア団体協議会の会長になった昭和六十二年（一九八七）、当時の中里区長が会長、私が幹事長になって「八代目橘家圓蔵を励ます会」を発足させた。「会を区内につくりたいので、会長になっていただけませんか」と中里さんにお願いに行ったら快諾してくれたので、区内の町会自治会、商店会、医師会、税理士会、青年団体、婦人団体、文化芸術団体などの有力なリーダーの方々に役員になってもらうように頼んで歩いて会が誕生した。

同年十一月、江戸川区総合文化センターの大ホールで「第一回八代目橘家圓蔵を励ます会（圓蔵寄席）」が開かれた。圓蔵一門のほか、桂小益（現・九代目桂文楽）、林家こん平、灘康次とモダンカンカンなども出演して超満員の会場は笑いと拍手の渦に包まれた。

圓蔵さんは生まれは下町、育ちは江戸川区平井だ。小松川第三小学校（現・平井小学校）を卒業、家業の「紙芝居屋」を手伝った後、七代目橘家圓蔵に入門して橘家竹蔵を名乗った。昭和四十年に真打ちに昇進して月の家円鏡になり、昭和五十七年に八代目橘家圓蔵を襲名した。円鏡時代からラジオ、テレビでも人気者で、古今亭志ん朝さん、立川談志さん、先代の三遊亭圓楽さんと並び「落語四天王」と称された時期もあった。

励ます会は、中里さんが忙しさから名誉会長に退き、会長には私の従兄の元江戸川信用金庫理事長の川野安道さんになってもらっていた。川野さんが亡くなった後は、話し合いで多田正見区長に名誉会長になってもらい、私が会長になった。

励ます会は毎年、総合文化センターに多くの区民を集めて「圓蔵寄席」を開催してきた。圓蔵一門に圓蔵さんの事務所（一八プロダクション）プロデュースの落語、漫才も加わり、満席のホールに爆笑の渦を巻き起こしてきた。多田区長は会の挨拶でいつも得意の「なぞかけ」を披露した。「なぞかけ」は「ヨイショ」とともに圓蔵さんの得意技でもあったが、いつもトレードマークの黒縁メガネの人懐こい笑顔で応じていたことが思い出される。

圓蔵師匠を愛する人たちを取材、共感

前掲の『八代目橘家圓蔵の泣き笑い人情噺』は、圓蔵さんの半生記であり、その活動へのエールでもあり、圓蔵さんと親交のあった方々の証言や励ましの言葉も収録した。テレビＣＭでおなじみの「焼き肉のたれ」のエバラ食品工業会長だった森村国夫さんにも取材した。森村さんは「この業界では珍しいスポンサーとタレントという関係を超えた家族的なおつきあいとなりました」と圓蔵さんと長く続いた関係を語っていた。同社はＣＭのヒットで売り上げを伸ばし、それをベースにさまざまな商品を開拓して成長した。「焼肉のたれ」を食卓の定番商品に仕上げて「食品業界の風雲児」ともいわれた森村さんは当

時、八十四歳の現役会長として活躍していた（平成二十二年十一月死去。九十一歳だった）。

圓蔵さんと同じ昭和九年（一九三四）生まれの著名人が集まる「昭和九年会」（長門裕之、坂上二郎、愛川欽也、牧伸二さんなどがメンバーだった）のひとりで、「一週間のごぶさたでした」の名調子の司会で知られた玉置宏さんにも話を聞いた。東京・深川生まれの玉置さんは、子どもの頃から父親に連れられて寄席に通ったという落語通で、当時「横浜にぎわい座」の館長になっていた。圓蔵さんとの出会いからその後の親交をていねいに語ってくれた。その玉置さんも平成二十二年二月、脳幹出血で死去（享年七十六）。「横浜にぎわい座」の後継館長には「笑点」などでもおなじみの桂歌丸さんが就任していたが、平成三十年に亡くなった（享年八十一）。歌丸さんは私と同じ昭和十一年生まれだった。

「キャバレー王」の異名をとっていた福富太郎（本名・中村勇志智）さんにも登場してもらった。福富さんはＪＲ小岩駅近くでキャバレー「小岩ハリウッド」を経営していたが、「ハリウッド」は東京オリンピックの年に銀座八丁目に開店した一千坪、ホステス八百人という大型店が話題を呼び、マスコミの寵児になってチェーン展開を進めた。

その福富さんは、圓蔵さんに弟子入りして「橘家福蔵」の名をもらっていた。軽妙なトークと毒舌で人気者になり、圓蔵さん推薦で司会者に登用された番組もあった。話術や笑いが「商売にも大いに役立った」と語っていた。福富さんは幽霊画や責め絵などの絵画コレクターとしても知られ、『伊藤晴雨自画自伝』（新潮社刊）の編者にもなっている。

圓蔵さんの親友に『戦国自衛隊』などの作品が映画やテレビドラマにもなったベストセラー作家の半村良さんもいた。半村さんは流行作家として売れる前、ラジオの台本などを手がけていた時代から親交が続いていた。半村さんにもインタビューするつもりだったが、前年、肺炎で死去してしまったから、逆に圓蔵さんに半村さんとのエピソードを語ってもらったりもした。

半村さんは昭和八年十月、葛飾区柴又の生まれだから圓蔵さんより一歳上だった。売れる前のバーテンダー時代の経験を織り込んだ『雨やどり』で直木賞を受賞した。その半村さんが、昭和六十三年（一九八八）に出した『小説浅草案内』（新潮社刊）の冒頭で「旧友」の圓蔵さんのことを次のように書いている。

「それこそ、雨の日には家の中で傘《かさ》をさすほどの暮らしで育ったこの旧友が、夢中で稼いで立派な家を建てたことを私は知っている。そんな貧苦をわが子に味わわせるために生きているのではないと、夫婦ともども一人娘を大切に守り育ててきたのも知っている。そんな中でいい弟子を育て、送り出し、ラジオやテレビに出ずっぱりの生活から今ようやくぬけ出して、やっとひと息ついているところなのだ。

彼の噺《はなし》を買う人も多いが、落語はすべからく古典が至上で、均整がとれていなければ噺ですらないとくさす者もいる。だが私にとって円蔵の噺は〈大黒屋〉の天丼と同じだ。批評や評論の埒外《らちがい》にある。野菊を見て胡蝶蘭《こちょうらん》の方が上だと評する者がいるだろうか。彼はようやく自分の芸を磨《みが》けるゆとりを持ったところなのだ。道なりに行くという言葉があるが、ここまでの彼は自分で人なりに夢中で喋り続けていたのだ。もちろん芸についても考え続けてきただろうが、ひとたび高座にあがってしまえば、派手に陽気に面白おかしく、客を沸かせるためにはおのれを粉砕してしまってもいいと、必死に暴れまくっていたのだ。彼にとってはそれが芸人だったのだ。金持ちになろうとしたのではなく、貧しさから逃げ、できるだけ遠ざかろうと突っ走ったのだ。それほど貧苦の恐ろしさを知り抜いていたのだ」

文中の「大黒家」は、半村さんが愛した老舗の浅草名物の天丼の店。圓蔵さんは、ラジオ、テレビで大活躍した後、古典落語にも取り組み、「爆笑路線の古典」という新境地も開いた。それらの芸や生き方が優しい視線で描かれている。

圓蔵さんが元気だった頃は「今年も施設訪問をする予定ですので紹介してください」と決まって言ってきたので、江戸川区内の高齢者施設などを紹介して、笑いを届けてもらっていた。ただ、亡くなる二、三年前には、ギャグを次つぎに繰り出す独特の話芸も、やや空回りになったり、堂々めぐりをしたりすることもあり、心配していた。弟子たちが高座や舞台に上げないようにもなった。そうしたことから励ます会も幕を閉じることになった。

私も一門の新年会などでしばしば伺っていた平井の圓蔵邸、半村さんが「立派な家」と書いた家が改装され、区の記念館として公開されて多くの区民に利用されているのはうれしい限りだ。庶民派の噺家として通した圓蔵さんも喜んでいるはずだ。

圓蔵さんが急激に体力、気力を失っているよう見え始めたのは、落語のネタにもしていた愛妻の節子さんに先立たれてからだった。節子さんは、圓蔵さんが名人、先代桂文楽師匠の「黒門町」の家に内弟子で入ったときの「お手伝いさん」として働いていた。先代の林家三平さんの「ヨシコさん」に張り合う「うちのセツコが」だった（三平さんのアドバイスで始めた台詞だったとも聞いた）。

圓蔵さんと同じように、奥さんに先立たれると心身の衰えを急激に示し始める男性を多く見てきた。それだけ男は単独では生きられない「弱い生物」ということだろうか。

なお、平成十五年（二〇〇三）、私はホームページをたち上げ、ブログ「デイリーダイアリー『遊人日誌』」を執筆し始めた。今日まで約十五年間、その執筆、更新を続けている。

この年、『いくつになっても各国めぐり』（イースト・プレス刊）を上梓した。月刊『カレント』誌での連載をまとめて再編集したものだ。

いくつになっても海外「取材」旅行

私にとっての海外旅行は、パリ留学中にヨーロッパや中東を旅行して以来、取材旅行を含めて数十回繰り返し行ってきたことで、本のタイトルどおり「いくつになっても」自分の生活に欠かせないものになっている。

海外旅行が重要なのは、やはり「百聞は一見に如かず」だからだ。実際にその場に行ってこの目で見て、現地の人たちとさまざまな形でふれあうことによって多くの発見がある。この点は多くの著作で示してきた。私は、日本旅行作家協会の会員でもあり、会としても、視察旅行を計画し、会長の兼高かおるさんを団長にしてキューバを訪問したこともある。

また、ロータリークラブの活動でも何度も海外に出掛けた。とくに前述の地区ガバナーだったとき、そしてその後、拡大委員になって多く海外に行った。

拡大委員は、国際ロータリーの依頼で、平成十四年（二〇〇二）から三期（三年）務めた。一年目は、ベトナム担当小委員会委員で、前任者は裏千家前家元の千玄室さんだった。その後、南アジアと東南アジア担当などにもなったが、アジア地域は華僑の取材などでも数多く行っていたところで、国際ロータリーの普及という目的も加わった。ロータリーでは、世界中のロータリアンが数万人も集まる「国際大会」などにも参加した。

私はまた平成十八年（二〇〇六）六月に初めて北朝鮮（朝鮮民主主義人民共和国）を訪問した。以来、平成二十七年秋までに計六回、訪朝している。さまざまな問題を抱える北朝鮮といえども、ただ「近くて遠い国」として退けているだけでは何も見えてこないし、何も始まらない。取材などで制限があるとしても、やはり実際にこの目で確かめなければわからないことがある。その思いで見聞してきたことを月刊『カレント』誌の連載などでレポートしてきた。

そして平成二十二年（二〇一〇）に刊行された『地球つかみどり』（長崎出版刊）のなかにも、それを編集して北朝鮮訪問記として盛り込んだ。

私の著述活動では、この間、短歌が新たに加わった。平成十三年からホームページでブログを書き始めたことは前述した。そのブログ「デイリーダイアリー『遊人日誌』」の冒頭の見出しを「短歌」にしている。そのため「一日一首」を二十年近く続けている。書き溜めた短歌は、歌集に編纂、刊行してきた。始まったのは平成十七年（二〇〇五）で、この年、『パリ日乗』『欧州幻影』（いずれも短歌新聞社刊）の二冊を上梓した。両著とも一日一首だけでなく、タイトルからもわかるように、私のパリ留学時代の追想やその後のパリ、ヨーロッパを幾度か訪れての感慨などを詠んだものを中心にまとめた。

歌集は翌十八年に『ホームページ』『光陰流水』『地球万華鏡』を刊行、十九年が『日々塞翁が馬』、二十年『胡蝶之夢』、二十一年『生々流転』（いずれも短歌新聞社刊）と一年にほぼ一冊のペースで発行し、現在まで続いている。平成二十九年に出した『北回帰線』（現代短歌社刊）が第十六歌集になっている。

平成二十一年（二〇〇九）には、中里前区長の業績を記録した『地方行政の達人』の続編ともいうべき『住んでみたい街づくりの賢人たち』（イースト・プレス刊）を上梓した。中里区政から多田区政に受け継がれている江戸川区の特筆すべきまちづくりを描いた。

東日本大震災では「危機一髪」も

ここ十年ほどの出来事で最大のものとして書いておかなければならないのは、誰もが深く記憶に刻んでいるはずの平成二十三年（二〇一一）三月十一日の東日本大震災だ。文字どおりの驚天動地の出来事で、多くの人が犠牲になり、また、その後長く厳しい状況におかれている人も少なくない。

江戸川区は直接的に大きな被害を受けることは免れ、支援する側に回った。たとえば二十三区一の多数の職員を被災自治体に派遣し続け、短期間に区民から三億数千万円の義援金を集めて被災地に届けた。区内の公営住宅に被災者を受け入れてもきた。このような支援事業も、とうぜん監査委員が審査をする行政の現場である。

もちろん通常の事務とは異なる慣れない現場だけに、派遣された職員の感想や報告、意見をしっかり聞き、激励をすることなども必要になる。そのため被災地には何度も訪問し、現場を視察して、派遣職員の働きぶりを見て、報告を聞き、激励をしてきた。

この東日本大震災では、私自身が深刻な事態に巻き込まれるところだった。それがちょっとした偶然から危機を免れていた。震災当日の三月十一日、私が会長を務めている江戸川区福祉ボランティア団体協議会の行事で、福島第一原子力発電所を視察する予定になっていた。ところが女性役員の一人が、その日の都合が悪くなり、視察日を二日繰り上げて実施していたのだ。

その三月九日、われわれ一行はバスで江戸川区を出発して午前十一時頃、東京電力福島第一原発に到着し、広大な内部を案内され、視察して回った。その時刻、足元が揺れた。地震だった。ちょっと慌てたが、原発は「安全第一」に設計・管理されていると説明されたから、不安は振り払って視察を続けた。確かにそのときは何もなく無事に視察を終えた。のちにニュースなどで確認をすると、それはマグニチュード7・2の三陸沖地震（十一時四五分頃発生）で、宮城県の栗原市などでは震度5弱を記録していた強い地震だった。私たちが視察中だった原発のある福島県の双葉町、大熊町は震度3だった。震度3程度だったから確かに原発には何の影響もなかった。

後で調べると、この地域では、それ以降も連続的に地震が発生していた。私たちには、その後の悲劇はまったく予想できなかったが、このとき感じた地震は、「大地震（本震）の前震」だったという。

本震では、東京も大きく揺れた。旅行中の私の家族も、停車した新幹線に閉じ込められ、なかなか帰ってこられなくて苦労した。大震災の後、「もし、あの日が本震だったら」、あるいは「予定どおりの日程で原発に行っていたら……」と、何度か鳥肌が立つ思いになった。大震災の日、われわれのような原発視察者がいたかはわからないが、予定どおりに行っていたら東電担当者もバス会社も運転手も、どうなっていたか。たまたまスケジュールが変更になったことが幸いした。

人生を振り返っても、このような「偶然」や「たまたま」選択したり、引き受けたりしたことが、その後の歩みを決定づけていることがいかに多いか。改めて考えさせられる出来事でもあった。

「ボランティア立区」推進のためのセンター理事長

監査委員として被災地を最初に訪れたのは震災三カ月後、区の職員が多く派遣されていた宮城県気仙沼市だった。大津波と火災により破壊された殺伐とした光景がどこまでも広がっていた。海岸や多くの罹災者が集まる避難所なども視察した。陸前高田市でもあらゆるものが瓦礫と化していた光景を目の当たりにして暗澹たる思いさせられた（章扉写真参照）。

それでも懸命に生活をしている罹災者を支え、働いている職員。自らも被災者になっていた職員もいた。江戸川区から派遣されている職員もテキパキと動き、罹災証明の発行などでも大きな戦力になっていた。まちや避難所などでは各地から来ていたボランティアが汗を流している姿も目に付いた。

かつての阪神・淡路大震災では、ロータリーの地区ガバナー（統括者）だったから、私は義援金集めに奔走して被災地のクラブを統括する地区ガバナーにそれを届けた。その阪神・淡路の平成七年（一九九五）が、のちに「ボランティア元年」と呼ばれるようになるほど、さまざまなボランティアが被災地で活動し、注目を集めていた。

もちろん私自身は、それ以前からさまざまな形でボランティアに取り組んでいた。始まりはすでに述べた昭和六十二年（一九八七）に江戸川区福祉ボランティア団体協議会の会長を引き受けたことだった。前述の福島第一原発を視察に行った団体である。

当時の同協議会に参加していたのは十数グループに過ぎなかったが、その後、大幅に増えた。ボランティア意識、参加機運が急速に高まった最初の波が、その阪神・淡路大震災のときだった（さらに大きな波が東日本大震災だった）。ボランティアとして被災地に駆け付ける人も増え、その報道がボランティアに向かう人の背中を押すようにもなった。災害復興にはボランティアの活動が不可欠になり、それ以降、大きな災害のニュースにはボランティアの動向やボランティア向け情報も付け加えられるようになった。

ボランティアの役割が再認識されると、国政レベルでもボランティア団体の立場を強化するべきとの議論が出され、平成十年（一九九八）にＮＰＯ法（特定非営利活動促進法）が成立した。任意団体として活動していたグループにＮＰＯ法人として法人格を付与される道が開けたことでボランティア活動がさらに活発になった。

江戸川区では、その前からボランティアの力や役割に注目し、普及の後押しをしてきた。中里前区長が私に協議会会長になるよう説得したときも、その役割がますます大きくなることを強調した。それに江戸川区には元々、「ボランティア」と呼ばなくても、町会・自治会などを通して、親水公園などの公園やまちづくりを区と一緒に取り組んだり、緑や環境を守るためにさまざまな活動を行ったりしている区民が少なくない。その素地があったから阪神・淡路を機にボランティアの機運が高まり、さまざまなグループが生まれた。

その意識や活動の高まりに応え、平成十二年（二〇〇〇）に江戸川区ボランティアセンターが設立された。中里区政から多田区政になった翌年、私が監査委員になった年だ。

このセンターについても前著『東京創生』に詳しく書いた。簡単に述べると、それまで社会福祉協議会のなかで行ってきたボランティア支援を、区直轄のセンターとして、より積極的に行っていこうとしたものだ。多田区長は平成十四年に「ボランティア立区」を打ち出した。高齢社会を迎えても、支え合いのある暮らしやすい江戸川区にするために、「自助」「公助」とともにボランティア活動、つまり「共助」を大きな柱にしていこうと呼びかけ、江戸川区をボランティア先進区にしていくと宣言したのだ。

このセンター設立とともに始まったのが、年に一度の「えどがわボランティアフェスティバル」だ。ボランティアの実績、成果を示しつつ、参加呼びかけも行うイベントで、さまざまな分野で活動をしているボランティア団体が一堂に会し、交流、ネットワークを広げている。このフェスティバルも回を重ねるにつれ参加団体も増え、内容も多彩になり、「ボランティア立区」をめざす区をアピールする絶好の場になっている。

さらに江戸川区は、センターをより発展させるために、職員確保などでも制約を受けずにできる組織にした。平成二十五年、公益財団法人えどがわボランティアセンターを設立したのだ。ボランティアセンターを、区の直轄にしたのも、公益財団法人にしたのも、東京では江戸川区が初めだと思う。私がこのセンターの理事長にも就任した。前述の協議会会長を引き受けてボランティアに本格的に関与するようになった昭和六十二年(一九八七)から三十年たっていた。この間、自らも福祉施設の運営も行い、ボランティア・グループの動きや区の施策も見続けてきた。当然、自分自身のボランティアの取り組みも、それらを見る目も大きく変わってきた。

新たな「ライフワーク」と、いくつもの道

えどがわボランティアセンターには約二百の団体が登録している。会員数は約六千人だ。登録団体の条件が五人以上のグループだから、登録はしていないが、少人数や個人的に清掃活動などを行っている人やグループも少なくない。だから区内には実際のボランティアはもっとずっと多いはずだ。

センターも「ボランティア立区」をめざす区の方針に沿って、ボラティアの理解者、参加者をさらに増やしていくつもりだ。そのための取り組みも行っている。たとえば、これからボランティア活動を始めたい人のためのボランティア講座がある。災害ボランティア養成（初級・中級）や点字、音訳、手話などの講座だ。

災害ボランティア（災害時ボランティアとも呼ぶ）は、災害のときにはいつもクローズアップされるが、いざというときに力を発揮するためには事前の準備と普段の訓練が不可欠だ。

江戸川区では、区と社協（社会福祉協議会）とボランティアセンターの三者で「災害時の一般ボランティア活動支援に関する協定」を結び、大規模な災害が発生したときには活動拠点「災害ボランティアセンター」を設置することなどの取り決めを行っている。被災者を支援しようとするボランティアと被災地、被災者をしっかり結び付ける役割を果たすためだ。その活動を行うスタッフやボランティアを養成するために前述の「災害ボランティア養成」講座を定期的に開いている。さらに大規模地震などの発生を想定して、センター職員や登録ボランティアなどが参加して災害ボランティアセンターの運営訓練なども繰り返している。次世代を担う子どもたちにもボランティア意識をしっかり持ってもらうために「出前！ボランティア体験」とか「夏のボランティア体験」といった取り組みも行われている。

私が会長のボランティア団体協議会と理事長のボランティアセンターが共催する「外国人と障害者のための災害体験」なども区内の中学校で実施している。私は主催者として参加するみなさんに激励や注意喚起の挨拶を行っている。江戸川区では外国人居住者が年々増えているが、残念ながら災害に対する意識はまだ余り高くない。今後さらに注意喚起を行って体験や訓練の機会をつくっていくこと、さらに実際に動ける災害ボランティアをしっかり養成していくことなどの課題に取り組んでいる。

課題はまだまだたくさんある。このようなボランティア活動が、初めから意図したものではなかったが、いまやすっかり私の「ライフワーク」の一つになっているようだ。

また、「ライフワーク」としては、第二部でも述べるパリ留学もした絵画がある。著述活動もその一つといえるだろう。監査委員や会社経営以外に何足もワラジを履いているのが、やはり私らしいとも思っている。

なお、東日本大震災が起きた平成二十三年（二〇一一）以降の著述活動について述べると、この年、私の著作を集大成する『小久保晴行著作集』（イースト・プレス刊）の刊行が始まった。初年は第一巻と第二巻。平成二十八年までに第十巻が刊行された。二十九年には、前出の『東京創生』を上梓した。歌集は前述のように毎年刊行している。

私の活動には、これまで述べてきたもののほかに一般財団法人国際江戸川文化福祉財団の理事長、江戸川第九を歌う会の会長、一般社団法人日本経済協会理事、一般財団法人日本ベトナム文化交流協会評議員、社会福祉法人厚生会評議員などとしての活動、取り組みがある。第二部で詳しく述べる文化会活動では、江戸川区文化会、同美術会、同芸能文化協会の各会長、同短歌連盟の顧問である。

定期的な会合に顔を出すだけでもスケジュール管理が大変という状態が何十年も続いている。そこから抜け出すことができないでいるが、抜け出そうとしているのか、その状態を楽しんでいるのか、自分自身、よくわからなくなっているといえるかもしれない。この生き方も少しは考えなければならないと思うようにもなってきた。

会員ということでいえば、日本文芸家協会や日本ペンクラブ、日本美術家連盟、日本評論家協会、日本短歌協会、日本歌人クラブなどの会員である。

現在進行中のものを列挙するだけでも、自分でも驚くほどの数になる。ほかに、これまで述べてきた監査委員や「ライフワーク」と記したいくつもの職務、取り組みがあるのだ。

第二部

江戸川区の文化を支える人々

第1章

人生の原点、美術会、そして文化会

ある年の江戸川区文化祭 美術展で多田正見区長（左）と筆者（タワーホール船堀）

江戸川区の人たちの心意気

私の人生を振り返ってみると、第一部で述べてきたように、洋画家をめざして岡本太郎さんのグループの一員となり、フランス留学後は、少し方向を転換して会社を興し、やがて信用組合の経営に関与して理事長職を長く務めた。この間、文筆業とロータリークラブ、江戸川区のボランティア団体の会長などとしてボランティア活動にも注力しながら、平成十二年（二〇〇〇）には江戸川区監査委員に就任して現在に至っている。

この間、さまざまなことに取り組んできたが、継続して行っていることもある。それは、やはり私の人生の原点ともいえる絵画であり、芸術文化活動である。

絵を描き始めたのは中学生時代だが、本格的に始めたのは高校生になってからで、一九歳で二科展で入選。地元（江戸川区）でも美術展に出品して江戸川区美術会の委員になった。その半世紀近くのちの平成五年（一九九三）に同会の会長になった。美術会が所属している江戸川区文化会では、昭和六十二年（一九八七）、信用組合理事長時代に同会会長に就任し、三十年以上、その任にある。文化会は毎年一回、江戸川区文化祭を開催している（区と共催）。文化祭は平成三十年に第六十六回を迎えた歴史ある催しだ。

文化会や文化祭は、江戸川区で芸術、文化を支えてきた多くの人びとの心意気を示す祭典ともいえる。東京の外れ、周縁区部にも文化、芸術を支える人たちがいることを示したい。このような人びとの心意気が、会や祭りが始められた当初には強くあったと思う。

文化祭は現在、美術展（日本画、洋画、水墨画、写真、彫刻、工芸など）や書道展、茶華道展と俳句大会、短歌大会、川柳大会、囲碁大会（平成三十年加入）と総合芸能祭によって構成されている。

総合芸能祭は、区の芸能文化協会に加盟している地元の伝承文化ともいえる葛西囃子や里神楽、おしゃらく、それに日舞、詩吟、尺八、薩摩琵琶などの古典芸能から新舞踊、バレエ、手品など幅広い分野の諸団体が、日頃の稽古の成果を披露する場になっている。

なかでも葛西囃子、里神楽、おしゃらくは、江戸時代や明治期の初めからこの地域の人びとが育み、継承してきた全国に誇る「郷土芸能」である。地元の人でも意外にそれに気付いていないかもしれない。私も同じだったが、文化会会長を務めるなかで、これらの伝統芸能にふれ、その歴史を知り、伝承・普及に努めている人たちに出会い、多くのことを教えられてきた。

第二部では、この文化会で、芸能・文化活動を担っている人たちや、私が半世紀以上携わってきた区の美術会の活動、そこでの出会いや交流を中心に述べてみたい。

美術展・美術会の歴史とともに歩んだ道

私の文化会活動の原点でもある江戸川区美術会が発足したのは昭和二十七年（一九五二）だった。同年六月、「江戸川区美術展」が小松川公会堂（現在、小松川事務所・区民館）で開催された。区文化祭が始まるより一年前に同公会堂の落成記念として開かれたのだ。そして、この美術展と同時に同年九月、区の支援を受けて自然発生的に発足したのが江戸川区美術会だった。それまでは、同好会的活動を行っていた。

美術展には絵画、彫刻、生花が出品された。このときの美術展はのちに「予備展」と位置付けられ、正式には美術会発足後の同年十一月、同じ小松川公会堂で、五日間にわたって「第一回江戸川区美術展」が開催された。

翌二十八年六月に第二回展が開かれたが、この年、現在の形の文化祭が企画され、十一月に「第一回文化祭美術展覧会」が開催された。そしてしばらくは春に美術会選定展、秋に区の文化祭美術展という年二回の美術展が開かれていた。

当時は敗戦直後の大混乱がおさまり、サンフランシスコ講和条約が発効（昭和二十七年四月）して日本は独立、経済面でも朝鮮戦争特需などによって、ようやく本格的な復興が始まろうとしていた。発足時は、私は美術会にはいなかったから、当時のことはのちに知ることになるが、やはりそれまでは、芸術だ、文化だ、などといっても世間からは歓迎されそうにない雰囲気があった。まして東京の外れの江戸川区は、戦後の混乱と退廃が色濃く残っていて、「人が住めない水害の町」「文化果つる町」などと揶揄《やゆ》されたり、自嘲したりすることも少なくなかった時代だ。それだけに、そんな風潮に抗うような美術展で人の心を和ませたい。この地にも、志の高い芸術家、文化人がいることを示したい。こんな思いも強くあったと思う。このような思いの絵描きや彫刻家などの芸術家、文化人が集まって、その心意気を示す展覧会を開いたのだ。当時は私の父の小久保松保が江戸川区長の時代で、区も同じような意識をもってそれを支援した。

私が自分の作品（油絵）を区美術展に出品したのは、昭和二十九年の春季展覧会だった。高校生のときで、翌三十年秋には上野の二科展に油絵が初入選したのを機に、岡本太郎さんのグループに入って洋画家として活動し始めていた（第一部第2章参照）。その年、区美術会の委員になって協力するように言われ、それを引き受けた。美術会との本格的な付き合いが、ここから始まった。それからすでに六十数年、まさに「夢幻の如し」の心境である。

発足して三年ほどの美術会は、私がとびぬけて若い最年少で、運営に携わる人も数が少なかった上に、委員には豪傑、無頼派風の人たちがいて、集まればカストリ焼酎などを飲みながら、わいわいと芸術談義だけでなく、「他人の悪口」に花を咲かせていることが多かった。そのメンバーのなかには全国レベルの美術団体でも重鎮とされるような人もいた。今から考えると「梁山泊」のような雰囲気も漂わせていた美術会だったといえる。

その後、趣味で絵画を描く人も増え、美術展の出品者数もずいぶん多くなった。この世界も劇的に変わってきたのである。

小岩の引揚者マーケットで塾を開いていた初代代表

区の美術展とともに歴史を刻んできた江戸川区美術会を発足時からリードしていたのは私の恩人でもある多田栄二さん（洋画）や菊池公明さん（日本画）らであった。多田さんは私がパリに留学した時、当時パリ在住だった洋画家、星崎孝之助さんを紹介してくれた区美術会の初代の代表委員（現・会長）であった。

文化祭の六十年記念誌『華甲』にも寄稿したことだが、創立時の有力な会員には、二代目代表委員になる竹内梅治郎さん（水彩画）、三代目の西木青甫（為雄）さん（日本画）、そして四代目の菊池さん（このときから代表が会長になる）などがいた。ほかに小池政治さん（洋画）、宗像庄一郎さん（彫刻）、片山佳吉（可木知）さん（漆絵）などが創立時のメンバーだった。

初代代表委員の多田さんは、神戸出身で、戦前、絵を学びにフランスに渡った。当時、海外渡航といえば汽船だったが、多田さんは客船ではなくて貨物船で渡航した。「金がなくて貨物船で行ったんだよ」と話していた。横浜を出港してマルセイユまで行き、そこからは汽車でパリに向かった。パリに着くまでに一カ月近くかかったという。その貨物船の中で、やはりフランスに向かっていた前述の星崎さんと知り合い、パリに一緒に行ったのだが、多田さんは戦前帰国して従軍画家として中国戦線にも参加した。星崎さんはずっとパリに残った。

その多田さんが江戸川区民になったのは戦災で神戸を焼け出されたためで、兄弟が小岩に住んでいた縁でやって来て、総武線小岩駅南口の引揚者用のマーケットの一角に根をおろして画塾を開いていた。戦争・戦災があったから、江戸川区にやってきて、接点ができ、私も話をするようになり、区の美術会も率いたということができる。

多田さんが塾を開いていた小岩駅南口には、知る人も少なくなったが「小岩ベニスマーケット」の看板を掲げていた大きなマーケットもあった。今はサンバカーニバルで知られる小岩中央通り五番街になっているあたりだ。終戦直後の小岩駅周辺は罹災者や引揚者が各地から集まり、多数の露店と人がひしめき合い、活気と猥雑さに満ちた現在では想像もできない光景が広がっていたが、「小岩ベニスマーケット」はドブ川になっていた灌漑用水に蓋をして建てた長屋状のバラックのマーケットだった。水上に設けたので、しゃれて名付けたようだが、外部のわれわれは、「雨が降ればすぐ水浸しになるからヴェニスだ」と、看板とは別に、多田さんがいた駅のすぐ近くのマーケットもごちゃまぜにして、そう呼んでいたように記憶している。

多田さんの画塾には多い時には三十人以上の塾生が通っていたと思う。多田さんは日本で最も歴史のある太平洋画会（現・太平洋美術会）の中心メンバーとしても活躍していた（同会は明治二十二年に日本最初の洋画団体「明治美術会」として誕生）。強烈な個性の持ち主で、酒が入ると手厳しく他人の批判を行った。絵が気に入らなければ作者の目の前でも平気で絵を罵倒することも少なくなかったので、会でもよくその素行が問題になった。

のちに知ったことだが、多田さんは隣の江東区亀戸に本社工場があった第二精工舎（服部時計店の時計製造会社。現セイコーインスツル）の社員クラブ「精画会」でも指導に当たっていた。激しい気性でトラブルも多かったが、多くの人に師事されていた多田さんが美術会の代表委員だったのは、創立から昭和三十一年（一九五六）までの四年間。私がパリに留学したのは三十五年だから、代表をすでに退いていた。私が画塾に伺い、念願かなって留学できることになったと報告すると、「昔の親友がフランスにいるから」と、手紙を書いてくれた。第一部で述べたように、おかげでパリでは星崎さんに大変世話になることができた。

私が留学中の昭和三十七年に多田さんがパリにやって来たこともすでに述べた。パリを懐かしんでいた多田さんを案内して、星崎さんの家や画材店、画商街にも行った。二人で約一カ月間、スペイン旅行もした。多田さんはさらにイタリアなども回って帰国してから旅の思い出を作品に残した。のちに旅を懐かしんで語る氏の姿から、多少でも恩返しができたかなと思ったものだ。

多田さんは、のちに新京成線高根木戸駅から車で五分ほどの船橋市習志野台の新興住宅地に移って塾を開いた。小岩駅前は、昭和三十九年（一九六四）の東京五輪を前に、バラックのマーケットが取り壊され、ドブ川が道路になるなど、急速に再開発が進められた。

個性派ベテランに若手の画家も加わって

江戸川区美術会の二代目代表委員の竹内梅治郎さんは、長年、区内で公立中学校の図工科の教員をしていた人だ。当然、多くの生徒を指導しており、私も区立小松川一中の三年生の時に図工科の指導を受けた。

竹内さんは、水彩画家として活躍し、学校を退職後も、区内の青年学校の講師などとして熱心に指導に当たっていた。「メーさん」（山羊さん）の愛称で親しまれ、お酒が入ると素朴な民謡をよく歌った。カラオケもマイクもない時代だ。そのときの楽しそうに歌う姿が今も目に浮かぶ。代表委員は昭和三十一年（一九五六）から三十六年まで。その時期、昭和三十五年に私は前述のように留学のために渡仏した。そのとき美術会で、私の送別会を開いてくれた。

当時はすでに創立メンバーに加え、私に近い若い世代の人たちも美術会に入ってくるようになっていた。たとえば、私が会長になってから長く会計などを担当してきた現副会長の坂崎光司さんは、私より若い昭和十四年生まれだが、やはり高校生のときから区美術展に出品していた。副会長を長く務めてきた川田文男さんは、年長の大正十二年生まれだが、当時はサラリーマン画家として会に参加していた若手の一人だった。

この二人も私の渡欧の送別会に出席していた。のちに私を含む三人でそれが話題になって大笑いをしたことがある。会場が墨田区の風呂屋の二階で、料理を仕出し屋から取って開いたものだったからだ。当時は前回の東京オリンピックの二年前だから江戸川区内に居酒屋、料理屋はたくさんできていた。それなのになぜ墨田区の風呂屋の二階だったのか、それぞれに不思議な思いを抱いていた。会を取り仕切った人に存命の方はいないのだが、その風呂屋はある洋画会の委員の実家だったから、美術会の幹部の誰かが何らかの理由で会場に頼んだらしい。その座敷が風呂屋の二階だったことを初めて知った人もいて笑い話になった。坂崎さんが、こんなことを言っている。

「送別会には会の先輩に連れられて出たのですが、昭和三十年から二科展に入選して活躍している小久保先輩の送別会だったのに、墨田区の風呂屋の二階、それに賛美歌を歌う人などもいて不思議な会になったのでよく覚えています。のちに川田さんにその話をすると、川田さんも出席し不思議に思っていたけれど、風呂屋の二階だったとは意外だと、またびっくりして大笑いになりました」

当時の美術会の雰囲気も示す、懐かしい一コマともいえる。

三代目代表委員（昭和三十六年〜三十八年）の西木さんは、本職は東京都土木局の職員で、長らく新小岩にあった東京都第五建設事務所に勤務していた。

日本画では日展、院展などで活躍した堅山南風（横山大観に師事）の弟子で、代表委員になる前の昭和三十年代初め、私は話を伺いに小岩のご自宅をよく訪問した。古株の役員、会員たちが思い思いに強い個性を発揮していた当時の美術会にあって、逆に異色といえるような円満な人柄で、平穏、中庸を好む人格者だった。代表委員になる前から、ばらばらになりがちな美術会をまとめるのに尽力していた。私がパリ留学中に代表委員になって会をリードしていたが、ずいぶん骨を折られていたに違いない。ご一家とスキーに行った思い出も懐かしい。

竹生島の古刹に壁画を残していた四代目会長

「代表委員」を「会長」とするなどの美術会の規約を改定した後、初めて会長（代表としては四代目）に就任した菊池公明さんは、昭和三十八年（一九六三）から平成五年（一九九三）に亡くなるまでの三十年余も美術会会長として区の美術界をリードした。

九十歳を超えてもなお矍鑠《かくしゃく》としていた。日本画の巨人、横山大観や荒井寛方に師事し、昭和初期には将来を嘱望されていた日本美術院の院友だった。だが、戦前の昭和十二年（一九三七）に日本美術院に不満を抱いた画家十二人が脱退して新興美術院という別派を創立した際の一人になった。だが、菊池さんは新団体でも夢を果せなかったのだろう、やがて一人挫折する格好で、孤高の画家となっていく。

菊池さんは戦前から北小岩の畑の中の三百坪ほどの敷地の自宅に住んでいた（出身は福岡）。夫人を早く亡くして以降、独身で通した。私はパリ留学から帰国して会社経営に打ち込んでいた時期など、波はあったものの江戸川区美術会への活動は継続して行っていた。当時、会長になった菊池さんとも親しく、よく北小岩の家に伺っていた。広い庭はいつも荒れ放題だった。周辺でも「お化け屋敷」として有名で、本人も仙人のような生活をしていた。まさに絵に描いたような「孤高の画家」で、画壇的にも恵まれることがなく、よく憤懣を口にしていた。

美術会が発足して五年後の昭和三十二年（一九五七）に初めて『江彩』という会誌を出した。ガリ版刷りの粗末なものだったが、そこに菊池さんが語る「わたしは戦時中の大半を、琵琶湖の真中の竹生《ちくぶ》島で生活した」という興味深いエピソードが紹介されている（平成三十年刊の六十五周年記念誌『炎は流れる』に再録）。

菊池さんは「今では、もうよく当時を覚えていないが」と断りながら「時期はたぶん昭和十七年九月頃から終戦直後の昭和二十一年十二月までの五年間」で、「弁天堂の新築建立にあたって、東京は大伝馬町の豪商、滝富太郎氏の壁画寄進の意から発する」と語り始める。

弁天堂とは、琵琶湖に浮かぶ竹生島（滋賀県長浜市）の宝厳寺《ほうごんじ》の本堂のことだ。少し解説も加えながら紹介すると、国宝の唐門でも知られる由緒ある同寺では、昭和十七年に織物問屋（滝富商店）で財を成した滝富太郎氏（一八八四―一九六四）の寄進により、弁財天を祀る本堂が建設され、壁画も計画された。菊池さんは「当時文部省のなかだちで、その依頼をうけたのは私の師匠筋にあたる荒井寛方氏であった。たまたま荒井氏はその頃、法隆寺金堂の壁画模写のため、身の自由がきかず、そのため、いきおいわたしが全責任を引き受けさせられる結果になり、その仕事を始めるハメになった」と語っている。

その壁画を描くために菊池さんは「春、秋、それぞれ三カ月を小岩の自家に留守番を置いて出掛けて行った」が、電気も水道もランプもない島の中の寺の生活で、頼りの灯りのローソクを助手に持たせて描いたが、窓が小さい上に足場が貧弱で苦労したことなどを述懐している。しかも、「小岩の家に戻っている留守中、寛方先生が旅行先で急逝した。あまりにも突然のことだったが、郡山で戦火を受け、そのショックが大きかったらしい。わたしは先生に逝かれてしまったので、壁画の制作進行を如何にするかと迷ったが、とにかく先生の名で絵を完成させようと決めて、あらかじめの用意に白米一俵を買って島に届けておいた」などと語る。それは昭和二十年、終戦の年のことだった。

菊池さんの師匠の荒井寛方さん（一八七八―一九四五）は歴史画を学び、インドや中央アジア各地の壁画を模写し、菊池さんが述べているように法隆寺金堂壁画の模写事業にも参加していたが、昭和二十年四月、旅先の郡山で急逝した（当時の金堂壁画は戦後昭和二十四年の火災で多くを焼失）。

菊池さんがその時期、竹生島を離れたまま小岩にいたのは、同年三月の東京大空襲によるのではないだろうか。小岩の自宅は無事だったが、東京を離れてすぐ仕事場に戻れる状況にはなかったと思う。それで工面して米一俵を送ったが、竹生島に戻ってみると、それがなくなっており、菊池さんは怒りをあらわにしながら、壁画を完成させた。

壁画の仕事については、「晩年の（寛方）先生は、法隆寺の壁画の模写の仕事もあり、はなはだ多忙のせいもあったが、何か絵について迷っていたのではなかろうか。島の仕事はまるっきり私にまかせきりで、ひと月に一度顔を見せるのがせいぜいというありさまであった。先生は仏画における第一人者ではあったが、死後その作品が多く顧みられないのは惜しい」「わたしは、人の仕事ではあるが、この島での五年はよい勉強だったと心得ている」などと述べている。

その年八月に終戦を迎えた。菊池さんによれば、壁画が完成したのはその翌年の昭和二十一年十二月だったという。師匠の荒井画伯が亡くなって一年半ほど後のことだ。それまでの経過はどうであれ、壁画を完成させたのが菊池さんだったことは疑いようがない。

竹生島・宝厳寺のホームページの本堂の説明には「内陣の壁画は、日本画家・荒井寛方（あらいかんぽう）によるもので正面の壁画を『諸天神の図』、側面を『飛天の図』と呼びます」とあり、飛天（天女）の図の小さな写真も掲載されている。

師匠名義ではあるが、四十代のときの菊池さんが、戦争中から終戦を挟んで五年をかけて取り組んで完成させた壁画が、琵琶湖のなかの竹生島の名刹に残されているのだ。

菊池さんは戦後再興された大調和会の運営委員もしていた。大調和会は、昭和二年（一九二七）、高村光太郎、武者小路実篤らによって当時発表の場を失っていた岸田劉生を画壇に再登場させる狙いから創立されたが、岸田が二年後に夭逝したため解散していた。戦後昭和三十七年に武者小路会長の下に活動を再開した。孤高の画家の菊池さんだったが、同会の運営委員として一部で高い評価も得ていたようだ。

しかし私生活は、小岩の「お化け屋敷」で四十年以上ひとり暮らしを続け、自らを「貧乏仙人」「乞食画家」と呼んでいた。質素な慎ましい生活で、食事も「一日一回、温かいものを食べればよい」などとよく言っていた。痩せてはいたが健康で、驚くほど健脚でもあった。ふたりで磐梯山に登ったこともある。懐かしい記憶だ。

美術会を長年率いた孤高の画家の遺作

平成五年（一九九三）六月、菊池さんが九十四歳で亡くなった（私が区美術会の後任会長になった）。そのとき小岩の屋敷に多くの作品が残されていた。しばらくすると「屋敷を片付けに入っている一族の人が絵は相続する人がいないので全部燃やしてしまうそうだ」との話が飛び込んできた。私は驚いて屋敷に駆けつけ、その処分を待ってもらった。

画壇的には恵まれなかったが、志の高い、孤高の画家の力作である。美術会にとっても、江戸川区にとっても、貴重な遺産だ。私はすぐ当時の中里喜一江戸川区長にその話をして、区に寄贈するので全部引き取って区の財産として管理してほしいと持ち掛け、引き受けてもらった。八十点近い絵だった。現在、寄贈されたこれらの絵はそれぞれ額装されて江戸川区の貴重な財産になっている。

菊池さんが亡くなった翌年十二月、「菊池公明遺作日本画展」（区総合文化センター）を区に開いてもらった。そのカタログに、菊池さんが院友として属していた日本美術院の平山郁夫院長（当時）に、挨拶文を寄稿していただきたいと依頼をしたのだが、「菊池さんはかつて日本美術院を除名された人物であり、協力はできない」と断わられてしまった。菊池さんは確かに前述のように戦前、十一名の同志と日本美術院を飛び出した人だが、その後もずっと対立していたわけではない。

当時、東京芸術大学学長でもあった平山さんだけに、同じ断るにしても、その理由は驚きで、やはり日本の画壇は難しいところだと思った。簡単にいえば、権威主義、権力志向というのだろうか。強固な師弟関係などは日本独特で、それで思い出すのが、私が一時行動をともにしていた岡本太郎さんの二科会からの脱会騒動だった。

岡本さんが実際に二科会を脱退したのは、私がパリに留学していていた昭和三十六年(一九六一)のことだった。戦前のパリに学んで、自由な発想による芸術家や思想家による芸術運動を体験してきた岡本さんは、日本でも内部から美術界を変えようとしていた。それをよく聞かされていたから、「二科の現状は私の考えとますます反する方向に向かっているので、これ以上の協力は無意味」との声明を発表して二科会を脱退したとのニュースを異国の地で聞いても、違和感はなかった。

後で聞くと、その脱退は連日、新聞やテレビ、ラジオが取り上げる大事件になっていた。反響が大きかったのには理由があった。戦後の日本は自由な芸術や評価が行われるようになったとされる一方、実際には芸術家は帝展や二科会などの大きな美術団体に属し、入選することによって箔付けされて権勢を手に入れる。その種の団体に評価されていない、あるいは属さない芸術家は、社会的には一流の芸術家とは認められない。こういう風潮が依然強かった。岡本さんの運動は、その旧態依然とした権力志向の美術界を内側から変えようとするものだったから、共感し、期待する人も多かった。だからマスコミも大きな話題にしたのだ。

その後、岡本さんの運動などの影響もあり、美術団体や芸術家の考えなども当時とはだいぶ変わってきたのではないかと思う。まして日本美術院（院展を主催）は、明治三十一年（一八九八）の設立の経緯やその後の歴史からいっても、官展である文展（文部省美術展覧会・明治四十年創設、のち帝展、戦後、日本美術展覧会＝日展）やそこから派生した二科展などとは違い、元々が在野派として存在感を示してきた団体だ。もちろん、さまざまな歴史、紆余曲折はあったにしても、そのような美術団体の会長から、意外な「断り」が返ってきたのは驚きであった。

もっとも仙人のような生活を送っていた孤高の画伯は「ワシにはそんな権威付けは似合わん、必要ない」と言っていたかもしれないが。

ただ、菊池さんに長期にわたって会をリードしてもらった江戸川区美術会である。その功績をしっかり称え、その遺作、力作を区の貴重な文化遺産として伝えていきたいと思う。美術団体や美術界には、いろいろな思いもあるが、一方、私は区内で活動している会員のみなさんには、可能なら積極的に全国レベルの団体への加盟や公募展への出品、参加を勧めている。活動の場、視野、人脈を広げることは、本人にとっても、それによって新たな刺激や風を吹き込んでもらう区美術会にとっても、大いにプラスになると思うからだ。

地域文化振興を！との意気に燃え

私が初めて出品して美術会の活動に参加したのは高校生時代だったから、年齢的には飛びぬけて若く、先輩のみなさんにずいぶんお世話になった。初代代表委員の多田さんはじめ、竹内さん、西木さん、そして菊池さん。いずれも画業だけでなく人生の恩師ともいえる。

先輩諸氏は、それぞれに異なる画業や経歴、性格ながら、等しく地元・江戸川区の地域文化振興のために、という情熱を持って活動し、若い世代を指導してくれた。その江戸川区美術会が発足して六十数年。設立時の役員は、美術会だけでなく、江戸川区文化会の全体を見渡しても、ほとんどいなくなってしまった。長い年月が過ぎ去った。その歴史を振り返ってみれば、昨日のことのように思い出されることもある。それだけ矢のごとく過ぎ去った短い歳月でもあった。この間、さまざまな人に出会い、話を聞き、議論をし、悲しい別れも少なからずしてきた。もちろん活動を通して多くのことを学び、それらを胸に刻んでもきた。

美術会や文化会の活動は、発足当時と比べると格段にスケールアップしている。当時は現在の文化祭、美術展の会場になっているタワーホールや総合文化センターもなかった。小さな会場でも、「江戸川区にも美術会があることを内外にしっかり示そう」「この区にも芸術、文化を愛する者が大勢いることをアピールしよう」「そのために何が何でもやり遂げよう」などという意気に燃え、自分たちで案内の看板を作って、立てて歩いたこともあった。美術展も手作り感の強いものだった。その後、美術展も文化祭も、ずっと洗練された大規模な催しになり、会員も格段に多くなった。

喜ばしいことだが課題もある。もっとも大きいのは、どの世界でも指摘される「後継者問題」だろう。高校生の時に出品し始めた私や前出の坂崎副会長のような十代、二十代の会員が少ない。私たちが発足当初のことをいま語っているように、五十年後、六十年後に「現在」、つまり二〇一八年前後のことさえ語れる人はいなくなってしまうのではないか。歴史が継承されなくなる恐れがある。

やはり次に続く世代にも参加して、よき伝統や文化を継承していってほしい。そのためにも過去の歴史や現在の姿を次代にしっかり伝えられるようにしておかなければならないのではないか。私などが、歴史や思い、経験などを綴っているのは、そのためでもある。記憶や記録の一端を綴りながら、美術会や文化会の活動に、次の世代にも積極的に参加してもらうにはどうしたらいいのかなどを考えつつ、メッセージを残し、伝えたいと思う。

かつてこれらの活動に情熱を傾けた人たちは、前述のように「東京の外れ」「文化果てるまち」などといわれていた江戸川区にも「芸術、文化を愛する者がいることを示してやろう」との意気込み、地域文化振興のための情熱、といえるものがあった。

その先人たちのさまざまな活動の成果もあって、今の江戸川区は「文化果てる」どころか「伝統文化を継承し、育てているまち」であり、なおかつ「新たな文化を発信している面白いまち」という面も間違いなく持ってきている。そのような評価もされるようになっている。

若い人たちにもこの地域の文化活動に目を向けて、再発見、再確認をしてもらいたい。

このような視点から、この地のよき伝統や芸術、文化活動を担っている人たちを取り上げる。ただ、ここですべての人やグループにふれることはできないので、「伝統文化」に絞る形で紹介していきたいと思う。

第2章

「葛西囃子」を各地で伝承する

葛西囃子と寿獅子

伝統、文化は、この地に人が生きてきた証《あかし》

江戸川区には、長年にわたって、この地で育まれ、伝えられてきた伝統芸能、文化がある。それも東京に組み込まれる前の下総国や武蔵国の農漁村だった時代に、この地に生まれた芸能や文化である。

その伝統芸能や文化も、江戸・東京の中心地から一方通行で伝えられてきただけでなく、逆に中央に影響を及ぼしたものもある。この点もやはり、しっかり書き残しておくべきことだと思う。

また、地域の伝統芸能や文化は、この地に多くの人がさまざまな思いで生きてきた証《あかし》でもある。それ故、伝統文化の継承もその足跡を記録に残すことも非常に重要なことだと思う。先人の思いを追体験し、共有することにもつながる。

地域の伝統、文化の灯を消さないように継承し、次代の人たちにも伝えていこうと努めている多くの人がいることは心強い。もちろん、かなり前から「後継ぎがいない」という後継者問題がさまざまな分野で現世代に突き付けられている。それにはどのように対応し

ているか。後継者は育っているのだろうか。

このような課題にも向き合いながら、日々活動を続けている人たちが、私が会長を務めている江戸川区文化会にもたくさんいる。

東京都の無形民俗文化財に指定されている「葛西囃子《かさいばやし》」を受け継ぎ、守り、普及に努めている「東都葛西囃子睦会」のみなさんもそうだ。江戸川区における伝統芸能、文化の継承者としては代表的な人たちで、同会は区文化会の創立当初から積極的な活動を行っている。

お囃子といえば、神社の祭礼などで耳にして慣れ親しんできた、あのピーヒャラ、ピーヒャラ、テンツクテンツク……などという笛や太鼓や鉦《かね》の賑やかな祭り囃子を思い浮かべる。誰でも子どものころには胸を躍らせながら耳にした経験があるのではないだろうか。実は、東京やその周辺地域で聞かれるこれらの祭り囃子の元祖、源流が、この地に伝わる葛西囃子だといわれているのだ。

葛西囃子は、東京都の指定に加え、江戸川区の無形民俗文化財に登録されている郷土芸能だが、起源や歴史や活動領域などすべての面で、この江戸川区の枠内にとどまらない、もっと広い地域にまたがって育まれ、広まった郷土芸能であり、活動である。

葛西囃子の「葛西」も、現在の江戸川区にある地名の「葛西」とイコールではない。もっと広い地域を示す江戸時代の地名で、元は中世に下総国葛飾郡を、江戸川を境に葛東、葛西に分けたのに由来する名だ。その下総国葛西が、江戸時代初期に武蔵国に組み入れられ、明治になって南葛飾郡（東京府）に編入されるという経過をたどる。現在の江戸川区と葛飾区の全域と江東、墨田、足立区の一部地域である。

この広い葛西という地域の総鎮守の香取宮（現在の葛飾区東金町の葛西神社）が、葛西囃子の発祥の地とされている。

三百年前から続く葛西囃子を継承して

葛西神社では、その起源を次のように説明している。

「当葛西神社は、祭礼に欠かせない祭り囃子すなわち葛西囃子発祥の地として知られております。享保年間当神社の神官、能勢環（のせたまき）が敬神の和歌に合わせ、音律を工夫して和歌囃子として村の若者に教え、御神霊をお慰めしたのがその起源とされています。以来、盛んの一途を辿り、神田囃子、深川囃子、また関東周辺にも広まりまして、秩父、

川越、石岡、また東北地方、東海地方の囃子の流儀を生んでおります」（同神社ホームページ）

起源は三百年も前に遡るという。葛西囃子が生まれたとされる享保年間（一七一六～一七三六）は、徳川将軍吉宗の時代だ。吉宗はご存じのように江戸川区の名産「小松菜」の命名者ともされている（「鷹狩りにやって来た際に食して名付けた」などの説）。この地では、なじみ深い将軍ともいえる。

この葛西神社で生まれたお囃子が、江戸やその周辺に広く普及していった大きな要因として、江戸の天下祭りに参加できる道が開かれたことがあげられている。葛西神社の説明などでは、宝暦年間（一七五一～一七六四）、関東代官頭の伊奈氏が、葛西囃子を「農村の青少年の善導や一家の和合のための社会施策」として奨励して、地元の神社の祭りだけでなく、江戸の総鎮守、神田明神（神田神社）の「神田祭」と山王日枝神社（千代田区永田町の日枝神社）の「山王祭」という天下祭りに葛西囃子を推薦して参加させたとされている。

天下祭りは、「将軍御上覧祭り」であり、祭りの行列が江戸城内に入ることが許された。城内に入る貴重な体験ができるのだから、祭りに参加することは、本人だけでなく、一家の誉れにもなった。当然、青年たちのモチベーションは高まっただろうし、熱の入った彼らのお囃子が、多くの江戸の人たちの心も動かしたに違いない。

だから、江戸の天下祭りに参加したことが、葛西囃子を大いに流行《はや》らせることにつながったとされている。

この葛西囃子を伝承し、各地の神社の祭礼など、さまざまな場で披露しながら、未来を担う子どもたちに伝え、教えるなど、江戸川区を中心にその普及、継承に取り組んでいるのが「東都葛西囃子睦会」である。会の設立は終戦から五年後の昭和二十五年(一九五〇)。本書をまとめるのに際し、平成三十年春、長く同会の有力メンバーとして活動し、運営に携わっている四人のみなさんに集まってもらい話を聞いた。

同会の会長丸田不二夫さん、副会長の大野正夫さん(鹿骨地区自治会連合会の本一色自治会前会長)、同・岩楯一彦(美よ志)さん(第3章で述べる東都葛西神楽保存会の会長でもある)、そして会計の根岸健さんの四人だ。

葛西囃子と睦会のことを、大野副会長が次のように説明する。

「睦会を作った先輩たちも、葛西囃子の起源やその後の歴史などについていろいろ話を聞いたり、調べたりしてきています。細かな年号などの確かな記録は残っていないようですが、当時の江戸周辺のこのあたりの農村地帯の若者の教育や風俗の乱れを是正するために、五穀豊穣の祭礼行事に、このお囃子を取り入れ、習わせたということのようです。当時のこのあたりの若者たちの楽しみといえば岡場所に行くことだったんでしょう。収穫した野菜を天秤棒で担いで千住のヤッチャ場（青果市場）で売って、帰りがけの千住の宿でその代金を使ってすっからかんになって帰ってきて、家庭騒動のもとになるようなことが随分あったようです。そういうのを正そう、それにはほかに楽しみを見つけてやったらいいじゃないか、ということだったようです」

若者たちに、お囃子を教えるだけでなく、競争心を煽り、技量を競わせた。さらに江戸の神田祭などの天下祭りにお囃子のグループを派遣してモチベーションを高めていった。

祭りが盛んな江戸でも、神田明神の神田祭と山王日枝神社の山王祭は、前述のように、祭りの行列がこのときばかりは江戸城内に入って将軍家の上覧に供した特別の祭り「天下祭り」だった。

囃子方も山車《だし》に乗って演奏をしながら市中を回るだけでなく、江戸城に入ることができた。当然、農家の若者たちの意気も盛んになった。江戸城に入る唯一の機会だったのだ。

さらにそのお囃子を目の前で見たり聞いたりした人たちが、われもわれもと習い始めたことから、葛西囃子が江戸市中へ、さらに周辺各地に広まっていったということのようだ。

この二つの祭りは、幕府も資金援助したため「御用祭」とも呼ばれていたが、年々競って趣向を凝らして派手になり過ぎたこともあり、五代将軍綱吉の時代、神田祭と山王祭が隔年で交互に行われるようになった。葛西囃子が参加してその音を響かせるのは、交互に執り行われるようになってからである。

現在のわれわれの江戸・東京の祭りのイメージとして、浅草の三社祭や深川八幡祭（水かけ祭）などに代表される威勢のいい神輿《みこし》担ぎや神輿振りなどがまず浮かぶかもしれないが、当時の天下祭りは、そうではなかった。たとえば京都の祇園祭のように、祭列に多数の山鉾をはじめとする山車が出て、お囃子、踊り、曳物《ひきもの》などが加わる豪華な祭り行列が中心を成していた。豪華絢爛たる祭列の様子などが錦絵などにも残されている。

その行列の山車や屋台の上で音曲を奏で、文字どおり祭りを囃《はや》して盛り上げていたのが、葛西の農村から出向いて、一年間の稽古の成果を披露していた若者たちだったということだ。葛西囃子が登場する前は、たとえば太鼓をドーン、ドーンと打ち鳴らして行列が進むというものだったようだ。

祭列にいっそうの華やかさと賑わいを加えた葛西囃子は五人編成。大太鼓（大胴と呼ばれる）一人、しめ太鼓（しらべ）二人、笛（とんび）一人、鉦《かね》（よすけ）一人の五人囃子である。

江戸の祭りも囃子もその後、幾多の変遷を経て今日に至っている。ペリー来航に続く政治、社会情勢の変化によって祭りが中断することもあったが、明治維新後、世相が安定化すると共に形を変えて復活する。もちろん江戸城は宮城《きゅうじょう》になり入ることはできなくなった。「天下祭り」「御用祭り」でもなくなったものの、江戸三大祭り（この神田、山王に三社祭ないし深川祭を加えて呼ぶ）として大いに賑わってきている。

また、戦時中から戦後、アメリカの占領下にあった昭和二十七年（講和条約発効）まで祭りが許可されず中断されていた。だから学童疎開を経験しているわれわれ世代の少年時代は、祭りには縁がなかった。地元にこのような歴史のある葛西囃子があり、その伝統を継承している人びとがいるということも当時はまったく思いも及ばなかった。

この間、東京の祭りから、祭りの中心だった山鉾、山車が消えていった。街中に電線が張り巡らされ、背の高さや豪華さを競った山鉾、山車が通行不能になったからだという。そのため囃子は、小さな山車や屋台や神楽殿などで行われるようになった。祭りの派手な部分は神輿が担うようになり、その分、囃子も、神輿担ぎを盛り立てるような、アップテンポな演奏が増えてきたともいう。

西小松川の「天祖神社」の神官が組合を組織

東都葛西囃子睦会の丸田会長が、同会で作成している「会のプロフィール」に沿いながら葛西囃子の歴史にさらに説明を加えてくれた。

葛西囃子の起源は、前述のように葛飾区金町の葛西神社で始められた祭り囃子で、江戸の天下祭りで披露されるようになって流行したが、現在の江戸川区近辺で特に普及し、その技能も飛躍的に向上したのは、百六十年ほど前の幕末の安政年間（一八五四〜一八六〇）だったという。西小松川の天祖神社（現・江戸川区西小松川町一―三）の神官だった秋元式弥が音頭をとって葛西囃子の組合を組織したことによるという。

「組合を作って芸を磨かせ、それを競わせたのです」と丸田会長。それが現在の睦会の原型にもなっているといえるようだ。

当時、秋元神官は、中川（旧中川。現在の荒川放水路はまだなかった）を挟んで東側を東組合、西の江戸側の地域を西組合とし、それぞれに十二名の世話人を置いて芸を競わせたという（計二十四名の世話人の名簿も残っているようだ）。

組合が競って研鑽した葛西囃子。それを披露するのは年に一度の江戸の天下祭りだけではなかった。当然、地元や他の各地の神社の祭礼にも呼ばれる。加えて正月の獅子舞などもある。

獅子舞は、ものの本によれば「信仰的には五穀豊穣・悪魔祓い・雨乞いなどを目的」とするが、発祥は千何百年も前に大陸から伝えられてきた「（伎楽系の）二人立ち」のものと、日本に古くからある「（風流系の）一人立ち」のものがある、などと説明されている。

長い歴史のなかで全国各地にさまざまな形の獅子舞が伝承されていることは経験的にもわかる。多くは伊勢神宮への参詣人が奉納する神楽を起源とするそうだが、それが各地に広まったのは、伊勢神宮や熱田神宮の下級神官が全国を回って神事として獅子を舞ったことによるという。江戸時代に、それが大道芸にもなっていったようだ。

情報時代の現代とは違って、芸能や文化は、人がそれを各地に運んで伝えていたということだ。人の動きが芸能、文化の伝播につながった。第4章で述べる江戸川区に伝わる地域の伝統芸「おしゃらく」なども、各地を回って歩いた「飴売り」が伝播の役割を果たしていたという。

葛西囃子の場合は、葛西の農村の若者たちが、自らそれを江戸市中に持ち込み、発信源となって各地に広がっていった。

獅子舞の方は歴史的には西から伝わってきたが、「獅子舞も、葛西囃子に取り入れられ、私たちはそれを付属の芸能として、お囃子と一緒にやっています。獅子舞は正月に限らず、結婚式などの祝い事、おめでたい場所に呼ばれて現在も行っています」と、丸田会長。

神田祭や山王祭のような年に一度の天下祭りという晴れ舞台で腕を自慢し合うだけでなく、それぞれの地域の祭りや祝い事など、さまざまな場面でそれを披露してきた。それがあったからこそ、天下祭りの栄枯盛衰とは別に葛西囃子を地域に根付かせたのだと思う。

それでも黒船来航や明治維新などによって祭りも葛西囃子も一気に下火になったものの、明治十年代に神田祭などが再び盛大に行われるようになった。その頃には、神田の人たちも葛西方面から囃子方を呼ばなくてもいいように、葛西囃子を習い、会得し、自分たちで囃子を奏でるようになっていた。それは「神田囃子」と名付けられた。

その後、神田のほかにも各地で同じように地元の流派が生まれるようになっていった。それぞれの地名を冠した箕輪囃子や深川囃子、本所囃子、品川囃子、目黒囃子、重松囃子などである。

各地で活動する会員と葛西囃子の継承者

その後、日清・日露の戦争や大正十二年九月の関東大震災、さらには太平洋戦争という苦難の歴史を迎える。祭りだけでなく、とうぜん葛西囃子にも受難の時代で、多数の名人上手といわれた演奏者を失った。それでも葛西囃子は多くのお囃子の元祖、源流として、この地にしっかり根を張り、生き続けていた。それを証明したのが、終戦から五年後の東都葛西囃子睦会設立だった。

江戸川区民だけでなく、他の区にいた葛西囃子の伝承者も会の発起人に名を連ねた。矢作房吉（小松川）、猶江鍬吉（葛飾・奥戸）、坂本一秋（上平井）、岩楯巳好（椿）、岩楯孝次郎（一之江）、江端政吉（葛飾・渋江）、鈴木染宏（上平井）、岸良士（墨田・寺島）の八人で、矢作房吉さんが初代会長になって活動を始めた（翌二十六年に葛西神社のある葛飾区でも葛西囃子保存会が発足）。

この東都葛西囃子睦会は、昭和二十八年（一九五三）に東京都から無形文化財の指定を受けた（都ではこの睦会と前出の葛飾の保存会、神田囃子保存会の三団体を祭囃子の都無形民俗文化財に指定している)。

睦会の発起人は、江戸時代の天祖神社の神官の指導で組合を組織した人たちの子孫や弟子筋の人たちだった。当然、江戸川区にずっと留まっている人ばかりではなかったから、時の経過とともに、親から子、あるいは師匠から弟子、孫弟子へとつながる継承者は各地に広がり、それぞれがまたその地域で囃子の奏者、指導者になっていた。

それが現在の睦会の会員の構成にも示されている。平成三十年現在、葛西囃子睦会には、区外の各地に十の支部がある。会員(二十歳以上)は八十一名。少年部も、区内の鹿骨、中曽根のほかに浅草、東陽、神田、千住、松戸の計七カ所に設けられている。所属部員は計七十八名という構成である。

会員数が優に百名を超えていた時期もあったようだが、そこはいずれの組織も同じで、高齢化の波によって、やや減少傾向にはあるようだ。だが、会員それぞれが弟子やグループを持っているので、弟子や演奏者の数はこの何倍にもなるという。

会員の居住・活動地域は当然さまざまで、都内だけでなく、千葉、埼玉、神奈川県に及ぶが、同じ葛西囃子の系譜ということから、神田囃子の名称での活動を並行して行っている人も少なくないという。支部も各地に混在し、複数のグループの活動を行うのも当然と受け止められ、神社の祭礼などで担当していた囃子方が足りなくなったようなときに急遽、他グループの手伝いにいくなど、相互に協力関係にあるともいう。

この伝統芸能はどのように継承され、また、次世代にどのように引き継がれていくのか。岩楯副会長は、前出の「睦会設立発起人」のなかの岩楯巳好（椿＝現春江町）の孫に当たる。囃子が伝承されているだけでなく、岩楯副会長は「葛西神楽」の継承者でもある（第3章参照）。

睦会の丸田会長は、子どもの頃、葛西囃子を知り、中学二年生のときに睦会の少年部に入った。今は少年部で子どもたちを教えている。後継者育成のためにも、子どもたちには積極的に伝統、技芸を教え、伝えようとしている。

「私が出稽古の形でやっているのは足立区の千住です。こちら（江戸川）では、香取神社ですが、千住では氷川神社に集まってもらって教えています。千住はほとんどが子どもたちで、一生懸命にやっています。もちろん、ただ稽古をするだけでは張り合いがないので、お祭りの時には助《すけ》として顔を出してもらう。実際にはこんな感じだよ、ということで活躍してもらっています。それがモチベーションになるのです」

と語る丸田会長は、埼玉県三郷市在住。上野に住んでいた師匠が神田囃子の役職者だったことから、地域によっては「神田囃子」を名乗って活動している。

「元々は葛西囃子ですから、どちらでもいいと考え、名乗っています」という。他の地域の神社の祭礼にグループで出向くケースや人手が足りないからと言われて個人で行くケースもあるが、その際も葛西囃子か神田囃子かなどの名前や会、地域にはこだわらない。

「それが伝統。ずっとそのようにしてやってきたのです」

と丸田会長。これが葛西囃子の伝統と広がりといえるかもしれない。それを体現しているともいえる会計の根岸さんは、今は隣の千葉県市川市在住。

「元々は千代田区に住んでいたので赤坂の日枝神社や氷川神社で囃子をやりながら、地元では、やはり子どもたちを教える活動をしています。丸田会長の師匠と私の師匠は兄弟弟子で、地盤は渋谷区の広尾の方ですが、会としては神田囃子を名乗っています。師匠も神田囃子に加わっていた人ですから。会の名前でいうとややこしく感じられるかもしれませんが、同じ仲間なのです。ですから睦会の発起人の方々も、神田囃子保存会の立ち上げの助《すけ》に行っているのです」

お囃子を稽古している子どもたちには、やはり祭りに出てもらう。実際に体験することで、子どものモチベーションが高まるだけではない。家族の応援姿勢も強まるという。

「ええ、祭りでは子どもたちを前面に出すようにしています。そうすると地元のギャラリーが喜ぶ。こうして裾野を広げていくことが大事だと思います。子どもさんは小三ぐらいから始めるけれど、実際に戦力になるかなという頃には、塾とか試験ということで離れていくことが多いのです。それでもわれわれは一生懸命に教える。というのは、大人になって、またここに戻ってきてくれるかもしれない。そのときに下地ができていれば、少しやるだけで、われわれを助けてくれるようになりますから」

と根岸さん。それぞれの会員は、このように都内各地でグループを持って子どもたちを熱心に指導しているのだ。

全区立中三十三校で邦楽鑑賞教室「日本のしらべ」

江戸川区では、葛西囃子を後世に残すために、子どもたちの体験や伝承を支援している。その一つが、三十三校ある区立中学校のすべてで行っている邦楽鑑賞教室「日本のしらべ」だ。平成四年度（一九九二）から授業の一環として始められ、葛西囃子は、初年度から毎回出演して囃子と獅子舞を紹介し、理解、実感してもらうように努めているという。

「中学校を回って二十数年になります。毎年十一学校ずつ回って、三年間に三十三校すべてで実施するようにしていますから、一年生のときに見るか、二年生か、三年生のときかの違いはあるけれど、どこかで必ず当たる。夏休みを挟んで前期、後期で回っています。直に肌で感じて聞く、いい体験です。私どもは毎回出ているので中学生は結構、葛西囃子のことは知っていますね。ただ、教室では他の邦楽、団体さんもやるので、持ち時間は十五分か二十分しかない。それでも獅子舞は、必ず前説として、これはこういう仕草ですよという説明をしてから、ひと通りやるようにしています。たとえば、この仕草は猫がじゃれる姿とか、最後に獅子の舞手が名古屋城の金のシャチホコのように足を挙げる、そこが見ていただくポイントですよ、という説明ですね」

それに中学二年生の音楽の副読本のなかで、江戸川区にはこのような葛西囃子があると紹介されている。これもありがたいことだという。

葛西囃子睦会は、都の無形民俗文化財に指定された昭和二十八年に開催された「第一回江戸川区芸能文化祭」（前述）に出演して以来、毎年秋の文化祭と江戸川区民まつり（昭和五十三年第一回開催）に参加、出演している。

神社の祭礼以外の場でも、このように区民にその伝統芸を披露している。もちろん前述のように、区内に限らず、各地の神社の祭礼で葛西囃子を演じている。これらの活動が地域文化振興に寄与したと認められ、睦会は昭和六十一年にその功績によって文部大臣賞を受賞したのをはじめ、役員など多くの人も、区の奨励賞などを受賞している。それらも伝統芸の継承者のモチベーションの一つになっていればいいと思う。

小さな後継者候補に期待を寄せて

伝統芸の継承は、具体的にはどのように行われているのだろう。西洋音楽なら五線譜の楽譜がさまざまな指示を伝えているが、葛西囃子には当然、五線譜はない。現在ならさまざまな機器があり、音源を保存するだけなら容易にできるが、過去はそうはいかなかった。それをどのように教え、伝えてきたのだろうか。

「音源すらなかったので、伝え方は、基本的には口伝によります。よく『口三味線』といいますが、あれと同じように、太鼓の音とか笛の音色を擬音で覚えさせます。落語に『囃子長屋』というのがあって、お囃子の話が出てきます。……テンツクテテック、テンツクテテックとか、ピーヒャラ、ピーヒャラとか、そういう楽器の擬音で伝えてきたのです。

今も譜面だけで再現できるような厳密な意味で『楽譜』といえるものはありません。笛には長唄の『数字譜』のようなものもありますが、それだけでは……。それに口伝の基本の手に加え、演奏者や指導者はそれぞれに『味付け』したものを持っていますので、これでないといけないというものではありません。師匠によって微妙に違うところがあるのです。『八拍』の基本は同じですが、たとえば間《ま》の取り方、タタタンタン、スタタンタン……とか、そこに師匠や社中の色が出る。土地のカラーや訛りもあります。『それはいいねえ』とか『ちょっと臭い』とか『江戸前じゃないね』などという見方、言い方もされます。やはり邦楽は指揮者がいないので、実際に音を出して合わせないと、この間が取れないのです。でも現場で様子を見ながら相手に合わせることで一緒にやることはできます」

と根岸さん。それに睦会では、楽器はできるだけ、オールマイティにできるように指導をしているという。根岸さんが続ける。

「われわれは、一人前の囃子方はどの楽器もできて、他の手の人の気持ちがわかることが大事だと考えています。それでお互いを高揚させる。お祭りなどでは一日に何回となく五人で演奏をする。そういうときに担当するポジションを替えてやることもできる。それも楽しみになるのです」

だから楽器もひと通り教える。ただ、笛に限ってはある程度、吹ける人と吹けない人が出てくるともいう。確かに横笛などはそうだろうと思う。一方、笛の名手、名人といわれた人もこの地から数多く出ているという。

囃子の曲は多数伝えられているが、普通は何曲かをまとめた組曲的なものを演奏するという。合わせて十二、三分から十五分の長さにして『一《ひと》っ囃子をやります』と言って始める。

「昔はどういう形だったのかわかりませんが、そういうものが何パターンかあったのかなと思いながら神社や都や区のイベントでやっています。神社は、それぞれのグループが担当しているところで行う。何々神社は誰とか、どの社中とか、昔からの流れで、暗黙のうちに決まっていてやっています」

睦会では、前述のように少年部を設けて後継者候補の子どもたちに積極的に技を伝授しようと努めている。その指導者のほとんどは、自分も少年時代から習い始めたようだが、根岸さんは違っていた。

「私は小さい頃から体が小さくて神輿も担げないので祭りは大嫌いでしたが、四十歳過ぎぐらいに、たまたま甥っ子の結婚式の披露宴で囃子の生の太鼓の音を聞いて鳥肌が立つほど感激して、それでこの世界に飛び込んだのです。このようにして始めるのは異質ですが、今は教えてくださいと飛び込みでも普通に入ってきます。裾野を広げるために飛び込みは歓迎です。特に子どもたちですね。でも、いまの子どもたちには、昔と違って、叱ることは控えて、できるだけ褒めて続けさせるようにしています。これはみなさん同じだと思います」

「そうですね、今の子どもたちはまず挨拶ができない。教わるという気持ち、お師匠さんにありがとうございましたという気持ちが大事。習いごとの基本です。そういう当たり前のことができない。休憩と言うと一斉にゲームをやり始める。だけど、それを叱ると辞めてしまうので、叱れない」

「今の子どもたちは、稽古場への出入りや座り方から教えなければならない。入ってきても戸を締めない。終わった後の礼もできない。平気で道具を跨《また》ごうとしますから驚きます。そういうことをご家庭できちっと教えていない」

「お囃子やって、きちんと挨拶ができるようになりましたと親ごさんが喜ぶのはありがたいけれど、でも、本当は、それはあなた方の仕事でしょうという気持ちになります。そんなところから始めるのですから、昔とはえらい違いです」

いかなければ」

「でも、怒ってばっかりいたのではダメ。やはりコミュニケーションを図りながら育てていかなければ」

「ただ、今の子は音感がいいですね。こっちがちょっと狂うと『ええーっ！』とかすぐ反応する」

「うちの支部では小学二年の女児から上は高校生まで習いに来ている。週一回のお稽古だけれど、お囃子は楽しいみたいですね。やはり好きで楽しくなければ長続きしないし、覚えようとも思わない。その点、期待できます。この子たちがわれわれの後を継いでくれるのではないかとの思いはあります」

それぞれに意見を出してくれた。後継者づくりは苦労も多いだろうが、お囃子の場合、上手くいっているのではないだろうか。みなさんの話、愚痴っぽくも聞こえるが、それなりに楽しみながら行っていることがよくわかる。このようなみなさんがいる限り、伝統文化はしっかり継承されていきそうだ。

これまで葛西囃子を目にしたり、意識して聞いたりしたことのない人でも、いまはインターネット社会だから、ネットで確認することもできる。祭りなどを前に動画などを見ておけば、囃子がどういうものかわかる。

その上で祭りやイベントで実際の演奏に触れ、伝統の保持、継承をしている人たちの意気込みや熱意を思い、応援していってほしいものだと思った。

第3章

「葛西の里神楽」に賭ける

さまざまな演目（座）を奉納、披露している岩楯美よ志社中（葛西神楽保存会）

新たな里神楽の伝統のために

江戸川区における伝統芸能、文化の継承といえば、「葛西の里神楽」にもふれておかなければならない。里神楽は起源においても、これまで述べてきた葛西囃子と密接な関係にある。

江戸川区文化会に所属している東都葛西神楽保存会も元々は、葛西囃子睦会の神楽部として活動していた。それが昭和三十六年（一九六一）に独立して、単独の団体としてスタートした。創設時の会長は、葛西囃子睦会の発起人でもあった岩楯巳好《みよし》さん。現会長の岩楯一彦（美よ志）さんは、その孫の三代目の専業の「神楽師」である。

里神楽とは何か。囃子と共通点もあるが、外形的にいえば、音曲の囃子に対し、それをバックに能や狂言のような装束を付けた舞いや所作が加わるのが神楽だ。

神楽は皇室の祭儀としても行われており、それは特に御神楽《みかぐら》と呼ばれる。その起源は「天岩戸神話」における天鈿女命《あめのうずめのみこと》の舞いだという。宮中以外の各地で行われてきた民間神事の神楽が「里神楽」とか「御神楽《おかぐら》」などと呼ばれる。それは全国各地にさまざまなものがあり、その一つが、この葛西の里神楽ということになる。岩楯会長が説明をする。

「私たちがやっている『葛西の里神楽』は、埼玉県久喜市の鷲宮《わしのみや》神社に伝わる催馬楽神楽《さいばらかぐら》を源流とする江戸流神楽のひとつです。古来より神への奉納の舞いとして行われてきた神楽ですが、江戸流の里神楽は江戸時代に市中に伝わったものだといわれています」

神楽は、神をまつる音楽や舞い。その語源はカムクラ（神座）だという。のちに様式化、芸能化されて神楽となったのだが、この鷲宮神社に伝わる神楽が江戸初期に市中に伝わり、庶民の好みに応じてさまざまに変化をした。その流れの一つになったのが江戸の里神楽で、江戸と周辺の村々の神社の祭礼などで盛んに奉納されるようになったものだという。

江戸の里神楽の特徴は、面《おもて》を付けた黙劇《もくげき》で、神話の世界を題材としたものを中心に演じる点だ。演じてきたのは専業の神楽師だったという。

源流の鷲宮催馬楽神楽についての久喜市の説明でも、日本に古代より伝わる神を祀る時に奏する舞楽である神楽は、全国に四千を超えるものが伝わっているが、国の重要無形民俗文化財指定の三十五の神楽のなかでも、鷲宮催馬楽神楽は関東神楽の源流といわれ、第一回目の指定を受けた、と強調されている。

鷲宮催馬楽神楽の「催馬楽」とは、「平安時代に流行した歌謡の一種です。一説には、地方から朝廷に年貢を運ぶ時に馬子が歌ったことから、この名前がついたと言われています」と説明されている。このような古い時代の歌も演目に取り入れられている。鷲宮神社では、祭礼に合わせてこの神楽を年六回行っている。

このように長い歴史のある里神楽だが、それがこの地（江戸川区）の郷土芸能と呼べるようになるのは、明治に入ってからのようだ。これにも葛西囃子の発展に寄与した前出の「天祖神社」の秋元家が大きな役割を演じている。

安政年間に葛西囃子の組合を組織して若者たちを競わせ、天下祭りに送り出していたのが神官、秋元式弥だったが、その息子の秋元順之助さんが明治の初め、この地に里神楽を広めたという。岩楯会長が続ける。

「里神楽の文化は、それまでこの地には余り伝わっていなかった。実際に中央（江戸・東京）の神社の多くには神楽を奉納するための神楽殿（舞殿《まいどの》などとも呼ばれる）があるけれど、江戸川区の神社にはあまりなかった（現在もあるのは約一割）。葛西囃子を盛んにした『天祖神社』の秋元順之助さんが笛の名手で、神職家にかろうじて伝えられてきた神楽を何とか広めようとした、と伝えられています」

明治の初めというのは、神楽は、幕末・維新を経て江戸市中では衰退期に入っていた。

「神事舞太夫《しんじまいたゆう》」などと呼ばれていた専業の神楽師は、多くの活動の場を失い、全盛期に百家以上あった神楽師の家、社中が、明治初期に約三割、三十七家に減っていたとの記録もある（その後さらに四散、衰退が続き、江戸から続く主要社中は現在、台東区蔵前の若山社中、品川区東大井の間宮社中、荒川区西日暮里の松本社中、稲城市矢野口の山本社中の四社中になっているという）。

私財を投げ打って神楽に賭けた初代

江戸・東京における神楽の衰退期、小松川において江戸流の里神楽の振興を目指したのが「天祖神社」の秋元家だった。現在の葛西神楽保存会もこの系譜に属する。岩楯会長が説明する。

「葛西神楽保存会を立ち上げた祖父の巳好は、里神楽を学ぶために『天祖神社』の神職、秋元順之助さんの後継者だった堂ヶ島（現松島）の大西角次郎・重次郎親子に弟子入りしたのです。大西さん親子は、秋元順之助の里神楽の弟子で、その後継者に指名され、この地域の唯一の神楽師として、中央でも神楽をやっていたと聞いています。

祖父は葛西囃子で笛を吹いていて、中央の神社に頼まれて囃子方で行くと、そこでは神楽を奉納している。神楽好きだった祖父は、それをうらやましく思ったのでしょう。大西さん親子に弟子入りして、神楽の鳴り物や所作などを覚え、葛西囃子睦会の神楽部で活動するうちに、ほかにも神楽をやってみたいという人が多く出て来たので、独立して葛西神楽保存会を立ち上げたのです」

独立した巳好さんは、保存会「岩楯巳好社中」という里神楽チームを編成し、地元や区外の神社に奉納したり、さまざまな催事で披露したりしながら、社中を整え、楽器や道具類を揃え、技を磨きながら、この地の里神楽の継承、普及に努めた。

「祖父はやはり師匠の大西さんに指名され、江戸川区唯一の専業神楽師としてやってきました。もちろん新たに社中を編成するには、楽器から衣装、かつら、小道具、大道具や台本など、一通り揃えるだけでも大変な費用がかかる。農業を営んでいた祖父でしたが、ゼロからそれらのすべてを揃えるために私財を投げ打ってでも、という意気込みでそれを続けたのです」

岩楯家は「椿（現・江戸川区春江町）の岩楯」として地元では知られた土地持ち、素封家だったようだが、巳好さんは、多くの私財を里神楽のために投じて「岩楯社中」の創始者になった。

「山の手でも名前が通るほどの道楽のチャンピオンでもありました。私はそこに生まれて育っているので、神楽の道に入るのに、好き嫌いを言っている立場にはありませんでした。古い写真を見ると、三歳ぐらいから衣装を着けて現場に出されています。私は三代目ですが、やはり神楽師を職業として引き継ぎ、社中を率いてやっています。メンバーは現在二十八人。私の娘、三歳の孫も入り、保存会『岩楯美《み》よ志《し》社中』として活動しています。初代の『巳好』の名前を継承していますが、私は文字を替えて『美よ志』を名乗っています」

里神楽は前述のように笛や太鼓の奏楽に合わせて、独特の装束を付けた人が能や狂言のように身振り手振りで演じる無言劇だ。歌舞伎のような所作も入る。演目(「座」とも呼ぶ)の多くは、『古事記』や『日本書紀』に描かれている物語を芝居仕立てにしたものだ。

岩楯美よ志社中が現在演じるのは初代から引き継いできた台本を中心に二十八座。なかには一時間を超えるものもある。大勢の演者が必要な座はなかなか上演できないともいう。そのような大作も発表できるように、岩楯社中ではほぼ年に一度、都営新宿線の瑞江駅に近い区の「東部フレンドホール」(瑞江二丁目)で発表会を開いている。無形民俗文化財に指定している都の要請によって、それらの演目のすべてを記録(DVD)に残しているという。第十回を数えた平成三十年三月の会では「天の岩戸」などを演じた。

もちろん神楽はその起源にも示されているように、メインの活動は、神社の祭礼、例大祭の際の奉納である。岩楯美よ志社中では現在、亀戸天神社など東京や関東近県の神社の祭礼で奉納を行っている。

江戸川区内の神社は、前述のように神楽殿が少ないのだが、篠崎浅間神社、平井諏訪神社、長島香取神社、新小岩香取神社で奉納している。例大祭の際、ぜひ実際にご覧になっていただきたいと思う。誰でも立ち止まって見ることができるのが神楽だ。

江戸川区では明治以来、先人が力を注いで神楽の普及に努めてきたが、江戸市中ほどには庶民に馴染み深いものになるところまではいかなかった。それだけに地元で生まれた神楽師によって継承、磨かれてきた芸や雄姿を直に見て、この地の郷土芸能、文化の担い手たらんとする人たちの心意気も感じ取ってほしいと思う。

葛西神楽は、前述の区立中学校における「日本のしらべ」には出ていない。物語を演じるのに一幕でも時間がかかるから参加できない。もちろん区文化祭には出演している。また、祭礼での奉納のほかに個人や企業のイベント、パーティー、周年行事などでも里神楽や寿獅子などを披露しているという。

専業の三代目「神楽師」として

現在、岩楯美よ志社中に舞手は十人以上いる。座（演目）やそれぞれの役に合わせた面、カツラ、装束で舞い、演じる。鳴り物は、大拍子、笛、大太鼓、鉦《かね》などの楽器を用いる。葛西囃子との共通点もあるが、葛西囃子にはない大拍子なども使う。

「祖父は貧しい戦後すぐの時代に、このような楽器や衣装を揃えたのです。面は今、百五十枚ぐらいあります。役によって顔、面を替えるのです。また、社中は、扇や鉾などの小道具、大道具など全部揃えなければできない。祖父の代から引き継いだものだけでなく、やるからにはと私の代で揃えたものもあります。もちろん祖父の代の面や台本も現役で使えるのですが、逆にすべて使いこなせているかといえば十分ではありません。里神楽の継承者としては、この祖父の遺産のすべてを使いこなして次の代に伝えていくことが使命だと思っています。これをやり遂げることは意地でもあります」

岩楯会長は「意地」を強調する。それは祖父の代から続く意地ともいえるだろう。

社中を率いることは、大勢の人を束ね、楽器や衣装、小道具、大道具などを揃えるだけでなく、それらの維持、管理などのすべてを行っていかなければならないということだ。衣装やカツラなどはデリケートな素材で洗濯ができない。祭礼は夏に多いので汗をかく。衣装やカツラは除菌をしてエアコンを効かせた衣装室を用意して管理をしているという。

「僕もサラリーマンをしたことがあるけれど、でも、それは親戚の会社。その一カ所だけで本当の就職をしたことはありません。『明日、神社で祭礼があるから』などと休んでいたらクビになっちゃいますからね。神楽を生業《なりわい》としているけれど、神楽だけでは食べられないからアルバイトはします。あとは、やせ我慢で……」

保存会や社中には、楽器や装束、道具、イベント企画などで、都や区から多少の援助も行われるが、それは僅かなものだから、自らの力でやるほかない。「相当の使命感がないとできないですね」と岩楯会長。やせ我慢をしてでも、という場面も当然多くなるのだろう。

社中は、他の地区で活動している社中との交流も行っている。

「祖父の代からお付き合いしている社中もあります。特に祖父は仲間だった新宿の萩原社中の三世萩原彦太郎さんに指導員になってもらって台本も制作しています。都心の社中も、どこも後を継ぐ人が少ないのが現状で、人手が足りない。それでお互いに手を貸すようなことも多くなっています」

萩原社中（新宿区西落合）が継承してきた「里神楽」も、平成八年三月、新宿区の指定無形民俗文化財の指定を受けている。やはり明治期から活躍してきた社中のようだ。

神楽の活動の場が広がり、山の手の神社でも行うようになったが、山の手と下町の神社では神楽や囃子の扱いが異なるという。下町の神社の祭礼では、里神楽だけをやるのではなく、たとえば、午前はお囃子、夜は神楽というようなセットで行うケースが多い。山の手では、神楽は神楽殿でやるが、囃子は神社には入らない、目の前の掛け屋台でやる。下町では、神楽殿で囃子も神楽も行う。このような違いが今もしっかり残っているという。

里神楽とともに生き、さらに四代、五代へ

どこの社中にも後継者問題があるが、岩楯美よ志社中では、すでに四代目が活躍し始めている。

「うちは娘が中心となってやっています。娘は私と同じように後継者として半ば強制的に神楽をやらされたといえるでしょうね。うちの場合、そうしないと何も進めない。ただ、

次の代は、面や道具は揃えてきたので楽だと思いますが、人的面ではもっと難しくなるかもしれません。今のメンバーは私と同じくらいの五十代半ばが多い。孫は三歳。自由にやらせている。神楽の場合、子どもは歌舞伎と同じで踊りから入ります。

しかし神楽はお囃子とも違い、支度だけでなく、技能の面でも敷居が高いところがあります。立ち回り、所作、歩き方から覚えるのですが、この基本の部分も能や歌舞伎の歩き方や所作が入り、なかなか難しいので、後継者も育ちにくいのです」

とはいえ、多くの後継者を養成していかなければ神楽の継承はできないから、弟子を取り、指導にも力を入れている。悩みもある。

「昔の人には神楽の所作の基礎知識もあったのか、アバウトに教えても理解できた。所作、手ぶりでも、ああ、こんな感じ、そんな感じと教えたり、教えられたり。今の人は、一歩、何センチ前、手は何度ぐらいの角度で挙げて見栄を切るとか。こういうことも細かく教えないとできない。ひょっとこ、おかめが出てくる面白い所作もたくさんある。叩くふりをするときなど、その呼吸が大事だけれど、それがなかなかできない。私も週に一回、教えているけれど、なかなか伝わらないことが多い。ただ、今の人の方が昔の人より真剣にやっていますね。

稽古場は、神社の社務所を借りています。昔は自宅で行っていたけれど、周りに家が建ち、音を出すとうるさいと苦情が来る。近所迷惑になるので社務所などを借りて教えています。時間的な制限があり、夜九時半までしかできませんが」

里神楽を学びに、区の外からやってくる人もいる。その人たちもこの地で育まれた岩楯社中の里神楽の後継者といえる。

インターネットやスマートフォンの時代。神楽に限らず、舞いや所作を動画にして、見よう見まねで習うケースもあるようだが、困るのは、何でも撮影してネットに上げてしまう人がいることだという。

「神楽の現場では下手なことはできないですね。現場を撮った動画を勝手にネットに上げられて、こんなのが載っていると驚いている社中もあります。大変な時代です」

神楽を行う神楽殿は、神社の拝殿の前、人が自由に往来できる場所にある。だから神楽は、誰でも自由に見ることができる。それだけに勝手に撮影されてしまうことも多くなる。

これも時代だ。これをマイナスではなく何とかプラスの方向に持っていくことはできないものだろうか。ちょっと考えさせられる話だ。

第4章

おしゃらく保存会の創始者、藤本秀康さん

葛西おしゃらく保存会のみなさんと藤本さん（左写真の中央）

お洒落な郷土芸能「おしゃらく」との出会い

葛西の「おしゃらく」は、まさに江戸川区に生まれ、この地域で育まれてきた唄と踊りの郷土芸能である。

「おしゃらく」というのは「お洒落《しゃれ》」「おめかし」の江戸言葉だという。色鮮やかな着物を身にまとい、扇子や笠などを持って三味線の調子と独特の節回しの唄に合わせて踊る。みながおしゃれをして集まるところから「おしゃらく」と呼ばれるようになったという。漢字は「お洒落」で、「おしゃれ」と同じである。

その起源は、「鉦《かね》」や「太鼓」を鳴らして念仏を唱えながら舞う「踊り念仏」あるいは「念仏踊り」といわれるもの。江戸末期から明治にかけ、いまの江戸川区葛西や千葉県浦安市などの江戸川沿いの農漁村で流行《はや》り、伝えられてきたという。だが戦後、高度成長とともに影をひそめ、その灯が消える寸前になっていた。

それに危機感を抱き、かつての唄い手、踊り手たちの間を回って、丹念に伝承を聞き取り、記録し、復活させたのが、葛西おしゃらく保存会の会長、藤本秀康（本名・吉田勝人）

さんだ。藤本さんは神田須田町などで三味線教室を開いている藤本流の師範である。

その藤本さんが、どのように「おしゃらく」に出会い、その復活に心血を注いできたのか。藤本さんは、戦争中の昭和十九年一月、港区芝（三田）に生まれた。

「葛西の仲割というところに母親の実家があり、終戦後も小学校に上がるまでの何年間か、親子三人でそこに住んでいて、そのとき『おしゃらく』を知ったのです。当時の葛西には独特の風習がありました。たとえば五十歳を過ぎるとみな『年寄り』と呼ばれて『お念仏』に入り、春の『葛西念仏』『大師講《たいしこう》』では四国八十八カ所のお遍路にならい、お大師様が祀られている葛西七カ村（長島・桑川・小島・宇喜田・新田・仲割・雷）の寺をお遍路するのです。私は祖母に手を引かれたり引いたりしながら、この大師講の行列について歩き回りました。そのとき立ち寄ったお寺で、お念仏を唱えた後に始まるのが『念仏踊り』『おしゃらく』でした。お爺さんたちが鉦や太鼓で唄をうたい、お婆さんたちが踊る賑やかで楽しいものでした。それにお年寄りたちは村の鎮守のお祭りや新家（分家）の新築祝いの『家移り念仏』の宴席などでも面白おかしく踊っていました。それが私にはとても楽しい思い出として残っていたのです」

藤本さん一家は、昭和二十六年頃、港区芝（三田）に戻ったが、それからも楽しそうな行事の多い祖母のいる葛西にしばしば通ってきた。そこで改めて実感したのが、「葛西は陸の孤島」という現実だった。

「三田から葛西へは当時の省線（のちの国電、ＪＲ）で、田町から山手線で秋葉原、そして総武線で錦糸町に行き、そこから浦安行きバスに揺られて葛西浦の防波堤近くを通り、『新田』の停留所で降りて五分ほど歩いて祖母のいる葛西の家に辿り着きます。一時間四十分以上かかる道のりでした。それに戦時中の木炭自動車がしばらく走っていて何度か乗ったことも覚えています。いまとは違い非常に交通の便が悪い地域でした。祖母の話では、昭和初期まで東京へは浦安の河岸からポンポン蒸気船に乗って行ったそうです。船は新川を上り、中川を経て小名木川に入り、深川高橋《たかばし》に至る。この間、約三時間。さらにチンチン電車に乗って日本橋まで商いに行ったという話です。そういう『陸の孤島』で、都会の文化からは隔絶していたような地域だったから、『念仏踊り』や『おしゃらく』など の独特の風習が行われていたといえます。ただ、後で調べてみると、隔絶どころか江戸文化の影響もしっかり受けているのです。しかも『文化の吹き溜まり』のように、この地域だからこそ吹き寄せられていた下町文化の名残もあることがわかって驚いたこともあります」

藤本さんは、料理人の父が深川で料亭を営んでいたこともあり、次第に花柳界の芸事や邦楽への関心を高め、三味線、端唄などの習い事も行ううちに、邦楽演奏家を志すようになっていた。

「昭和三十四年に『民謡三味線』の初代・藤本琇丈《ひでお》先生の内弟子になりました。先生は各地の民謡に三味線の伴奏をつける一方、地方に埋もれている唄を発掘して世に出す仕事をしていました。弟子としてそれを目の当たりしているうちに、私は、そういえば子どもの頃に見聞きした、あの『おしゃらく』はどうなっているのだろうと思い、葛西の伯母に尋ねると、『昔と違って、生活も変わり、お年寄りたちも踊らなくなった』という答えでした。私は、あんなに楽しそうな唄や踊りが消滅しては一大事と思い、『おしゃらく』を唄い踊れるお年寄りたちがまだ元気なうちに話を聞いて、それを残して伝えていかなければいけないと思い、それを保存し、伝承する活動を始めたのです」

東京オリンピック（昭和三十九年）の前後、東京はどこも都市化が急速に進んでいた。葛西にもその波は確実に訪れていた。同時に「おしゃらく」などの土着の風習も大きく変わっていた。藤本さんが立ち上がったのは、そんな昭和四十年代の初めだった。

明治生まれの人たちの唄と踊りの記憶を呼び起こし

あの楽しかった「おしゃらく」が消滅の危機にある。「ふるさと葛西のこの伝統芸能をぜひ残したいのです」「あの唄と踊りを、どうか教えてください」と、藤本さんは、熱心に説き、教えを乞うて回った。

「葛西に住んでいた伯母が踊り好きでしたので、軽自動車に乗せて一緒に葛西中を回りました。昔、『おしゃらく』をやっていた人のところに行って、まず、伯母が説明して、それぞれに覚えている踊りや唄を聞き取っていったのです。お年寄りのみなさんは、まだ二十代の若輩の私の話に耳を傾けて真剣に協力してくれた。それが嬉しくて夢中で教わりました。私は土地っ子でもあったし、毎週のように行くので信用もされ、ついに『じゃあ、一緒にやっていこうか』ということになったのです。それで雷《いかずち》地区の波切不動というお不動さんに集まってもらい、『やりましょう』『よしっ』ということで、葛西おしゃらく保存会をこしらえたのです」

保存会が発足したのは昭和四十五年（一九七〇）。営団地下鉄・東西線が、その前年三月に西船橋まで全線開通して「葛西」駅ができ（のちに「西葛西駅」も設置され）、「陸の孤島」が、都心に十数分の便利なベッドタウンに一変していた。

「足の便が格段によくなったので私も葛西に通うのが楽になりましたが、一方では、都市化が進んで葛西からどんどん昔の風習や郷土文化が消えていきました。それでこのままではいけないと、さらに夢中になって昔のことを教わり、話や唄を懸命に録音、整理しながら、毎月集まって稽古もしました。それに『おしゃらく』以外にも、葛西や浦安で唄い伝えられてきた多数の盆踊り唄や作業唄も収録するようにしていきました」

保存会を立ち上げた藤本さんは、このようにして「おしゃらく」の復活、保存に努めた。唄や踊り、鉦や太鼓や三味線の伴奏などを思い出して演奏してもらい、それを記録し、当時の「おしゃらく」を再現して、伝承者のお年寄りから次の世代に教え、伝えていくということを続けてきた。その際、藤本さん自身が三味線奏者であることが、この活動の大きな力、支えになってきたことも確かだろう。

この葛西の「おしゃらく」は、藤本さんの努力が見事に実って、昭和四十八年に東京都無形民俗文化財に指定され、同五十六年に江戸川区登録無形民俗文化財に認定された（藤本さんは昭和四十六年に隣の浦安市でも保存会を立ち上げ、同四十九年に千葉県無形民俗

文化財の指定も受けている）

足で集めた四十数年間の記録『おしゃらく』を上梓

藤本さんは平成二十六年九月、この間の活動の全記録集ともいうべき著書『おしゃらく』（イースト・プレス刊）を上梓した。

この本に関しては、私も出版前に藤本さんから相談を受け、江戸川区の多田正見区長にお願いをして『おしゃらく』の題字を書いてもらったり、私の著作で長く一緒に仕事をしてきた編集者の渡辺あやさんに編集作業を行ってもらったりもした。私も序の部分に一文を寄せているが、改めて同書を見ると「おしゃらく」に何十年も注ぎ込んできた藤本さんの情熱がひしひしと伝わってくる、労作である。江戸川区内の図書館などには備えられているので、機会があれば、ぜひ手に取ってみてほしいと思う。

同書の「はじめに」を、藤本さんは次のように締めくくっている。

「この『おしゃらく』と関わりを持つようになって、四十数年が経ちました。昭和も平成となり、ふと気がつくと、筆者の周りには『おしゃらく』という芸能を、江戸幕末から受け継いできた明治生まれの方々はお一人もいなくなっていました。あの唄や三味線、踊りの名人・上手という先人たちが残していってくれた魅力あふれる芸能を後世に伝えなければという使命感もあり、無形の文化遺産である『おしゃらく』の足跡をこの一冊に記すものです」

ここにも書かれているように、藤本さんが教えてもらった「おしゃらく」の演者、伝承者は明治生まれの人たちだった。その人たちが自ら三味線を弾き、踊り、唄っていた。

「それを聞き取るのも大変でした。『葛西弁』で唄うので、何を言っているのか言葉がわからないのです。三味線なども、私たちがやっている邦楽からすると、違う手でやるものですから……。本にも書きましたが、明治生まれのお年寄りの伝承では、『おしゃらく』は江戸末期、ペリーが来航した時とか安政年間とか、そういう時代から村の『念仏講』や『お十夜』などの集まりで踊っていて、その演目から『小念仏』ともいっていたようです。それにこの芸能は、葛西や浦安だけでなく、関東、東北地方にも伝わっています。下総中山で踊ったものは『中山踊り』とか、秋祭りで踊ったので『万作踊り』と呼ばれ、あるいは『粉屋踊り』『飴屋踊り』など、さまざまな名称で各地に広がり伝承されていた芸能です。私もあちこちに行って調べ、記録を取ってきましたが、内容は多種多様で、念仏唄、子守唄、はやり唄、数え唄、里謡《りよう》、あるいは各地を回って歩いた『飴屋』や『ごぜの坊』が流した唄など、さまざまな性質を持っています」

これらのさまざまな調査の結果も、前出の著書のなかに盛り込まれている。

江戸川区葛西を唄う「新川地曳き」

「おしゃらく」は、葛西地区で農漁業を営んで、ずっと働き通してきた人たちが、歳を取ったので、たまにはみんなで集まって羽根を伸ばして思い切り楽しもう、と演じた郷土芸能だったといえそうだ。

「『おしゃらく』はまさに庶民芸で、調べれば調べるほど惹かれるものがありました。踊りはたくさんありますが、ほとんどが手踊り。色鮮やかな衣装を着て威勢よく踊ります。派手な衣装は、そのときばかりは、『まあ、歳も取ったんだし、たまにはいいんじゃないか』と周りも認めたおしゃれだったと思います。ただ、おしゃれといっても、多くは長襦袢で、しごき（帯）を締め、片袖を脱いで裾を高く端折《はしょ》って踊ります。江戸歌舞伎や日舞にはない踊り、野良から上がってきた人が踊る芸です。踊り方も、たとえば日舞ではきちんと手を揃えるところを、手をうんと大きく開いて踊るのです」

と藤本さん。おしゃらくの演目で唯一、江戸川区葛西を唄っているのが「新川地曳き」だ。

「〽ハーキタ　葛西領　オーオーサー……」

で始まり、漁に携わる人びとの暮らし、アサリ、ハマグリなどを採るための漁具や漁法、高瀬船（利根川水系を航行する川船で最も大きい）や茶船（小人数の客や小荷物を運送する小船や飲食物を売る小舟）、さらに当時の二之江村（現在の江戸川区江戸川）などにいまも残る熊野神社、香取神社、稲荷神社（すでに合併してしまったものもあるが）などの鎮守、名所なども歌詞に織り込まれている。

唄われている「新川」は現在、沿川が江戸情緒あふれる街並みとして整備され「新川千本桜」として江戸川区の新名所にもなっている、あの新川だ。

新川は、徳川家康の命で開削された運河で、東の江戸川（旧利根川）と西の中川を結び、千葉県の行徳（市川市）の塩を江戸に運ぶ「塩の道」になった。北関東や東北からは沖（東京湾）を通るよりはるかに速く江戸に行くことができたから、さまざまな生活物資を運ぶ重要な航路になった。

この新川筋の葛西の二之江村、下今井村、桑川村、そして対岸の当代島（浦安市）には、地曳き網漁を営む漁師が大勢住んでいた。また、葛西や浦安の沖では、アサリ、ハマグリ、アジやサヨリ、白魚などの漁が盛んに行われていた。その漁民の生活が唄い込まれている。「おしゃらく」には、唄、踊りとともに「茶番」と呼ばれる寸劇が入るものもある。この「新川地曳き」でも「三人新川」という寸劇が入る演目がある。

前掲書『おしゃらく』には、その「三人新川」のいわば台本、台詞も載っている。

「筆之助　おい兄弟　ここらで一休みしようじゃねえか」「浪五郎　おおさ、一休みしようぜ」の掛け合いで始まる。そのうち「地曳の婿になりたさに……心願《しんがん》かけておるわいナー。お前もなる気か」「おうさ　なる気だ」と、二人の言い争いになるが、そこに網元の娘が「私も踊りの上手な婿欲しさに……心願掛けておるわいナー」と割って入る。最後には「浜が大漁で陸万作で　三人揃って踊ろうか」と、めでたく丸く納まって、唄と踊りで締めくくる。そこに数人の踊り手が加わって、大団円を迎える、というものになっている。

葛西沖埋め立てと「おしゃらく」の人びと

「おしゃらく」で唄われている新川の地曳き網漁や葛西の漁業は、戦後やはり急速に衰退に向かい、「おしゃらく」とは違い、消滅する。

葛西の海や周辺地域が激変するのは、地下鉄東西線の開通に加え、昭和四十七年（一九七二）に開始された東京都の「葛西沖開発土地区画整理事業」が進められたからだ。

この埋立事業は、私にとっても大きな人生経験の一ページになった。開発審議会の委員になって事業の一部始終を見てきたからだ。

豊かな漁場だった葛西の干潟は、高度経済成長期にゴミの不法投棄などによって環境劣化が進み、昭和三十七年（一九六二）には地元漁協が漁業権を放棄して終幕を迎え、それを受けて葛西沖の埋立事業が始まった。私は都に設置された「葛西沖開発土地区画整理審議会」の委員となり、その計画の大枠づくりから参画してきた。まだ三十代だったが、「ぜひ、委員に」と声を掛けられたのは、私の家が代々、葛西の干潟などで茅の栽培採取のために関係してきたからだった（第一部第1章参照）。

工事が進んだ昭和五十四年（一九七九）には、新たに生まれた土地の活用、都市づくりに地元住民と区の意向・要望を反映させるために、区も「葛西沖埋立地開発審議会」を設置した。その審議会の委員にもなった。

葛西沖埋立事業には、私はこのように最初の段階から関与していたので、多くの葛西の有力者と話し合い、一緒に仕事を進めてきた。この間、多くの知己も得た。

藤本さんが保存会を立ち上げて葛西を歩き回っていた時期、私は有力者の方々と都に出す要望書などをまとめる作業を行っていた。その一人の新田町会の山岡秀吉会長の家が、藤本さんが語っている「母の実家」である。そのことは今回の取材で初めて知った。軽自動車で藤本さんと一緒に葛西中を回った「伯母さん」が山岡秀吉さんの妻。その子で後継者の山岡新太郎さん（山秀商事社長）も同町会会長としてリーダーシップを発揮していた。藤本さんのいとこだ。偶然同じ時期、葛西で、お互いの人生にとって重要なことに取り組んでいたのだ。

復活させた伝統芸能を次代にどう伝えていくか

葛西の「おしゃらく」は、藤本さんがエネルギーを注いで復活させた。その成果を江戸川区の文化祭や地域のさまざま祭り、あるいは都などが主催するイベントで披露している。東京マラソンが西新宿の都庁前をゴール地点にしていた平成二十八年までは、仮設ステージで演技を披露していた。

保存会の活動を軌道に乗せるためには、藤本さんの三味線の師匠、初代家元の藤本琇丈さんのバックアップも大きな力になったという。

「うちの家元がキングレコードの参与でしたから、その口利きで、葛西と浦安のおしゃらくのメンバーをバスに乗せて音羽のキングレコードに連れて行ってLP版を一枚こしらえたこともあります。そのとき本田安次先生（『日本の民俗芸能』の著者、元早稲田大学名誉教授）とうちの家元が推薦文を書いてくれました。家元がさらに町田佳聲《かしょう》先生のところに連れて行ってくれたので、町田先生から『よくここまで調べましたね。音にするのは素晴らしいことです』との評価をいただきました。当時、明治生まれの踊り手の人たちを小学校に集めて16ミリで撮影し、それを先生方に見てもらって評価、推薦をいただいて、都の無形文化財の指定を受けることができたのです。それにNHKなどにも何度も取り上げられるようになりました」

斯界に名を馳せている人たちの支えは当然大きなものだった。町田佳聲さん（一八八八―一九八一）は東京放送局（現NHK）創設当初の邦楽番組の担当者で、のちに編纂した『日本民謡大観』は民謡研究家のバイブルになっているという。創作民謡「ちゃっきり節」の作曲者でもある。まさに民謡界の大家だった。

また、藤本さんの前掲書『おしゃらく』には、芸能学会会長で財団法人民族芸術交流財団理事長の三隅治雄さんの「日本芸能史の華に」というタイトルの「出版に寄せて」の一文が掲載されている。

三隅さんは、国内外の伝統芸能の調査研究に従事し、民俗芸能を伝承学的立場で研究して、独特の歴史的体系づけを行った。この三隅さんから『おしゃらく』が高い評価を受けたのだ。

このような民謡、民俗芸能の世界の名だたる人たちから支持を受けて活動してきた藤本さんだが、まだまだやることがある。

「この魅力ある郷土の芸能を次世代に伝えていかなければなりませんが、残念ながら葛西地区でも『おしゃらく』はどういうものか、言葉は知っていても内容は知らないという人が少なくありません。それに実際に太鼓はすぐ叩けるようになりますが、踊りは年季がいります。ですから、できるだけ若い人にも保存会に入ってもらえるようにしているのですが……。保存会はいま会員数が三十二、三人です。若返りも少しは進んでいます。『いま、子どもを幼稚園に預けてきました』というお母さんもいます。親がやっていたので、その子も、またさらにその子も、と三代続いている人も三人います」

という。それでもやはり後継者問題には不安もある。

「お母さんたちの子ども、さらにその子へとつながるようにしていきたいのですが、そのためには学校教育なども大事だと思います。何らかの形で学校に入れてもらいたいと活動をしているのですが、門前払いに近い状態です。授業でなくてもクラブ活動でもいい。ぜひ、クラブを作ってほしいと思っているのですが、それがなかなか……。高校や大学なら、芸能や民俗学の研究の対象にもしてほしいと思うのですが」

藤本さんが「研究」対象というだけあって、四十数年間の活動の集大成ともいうべき前出の著書『おしゃらく』は、各地を回って「念仏踊り」「おしゃらく」の伝承や風俗を聞き取り記録した大作で、民衆音楽と民俗学の立派な研究書といえる。それを手掛かりにさらに研究を深めてほしいという。同書にも書かれているが、

「『おしゃらく』は、江戸、下町の文化というより、やはり近郷、近在の文化ですね。調べてみると江戸・下町文化とは違うけれど、江戸の端唄とか江戸の早口言葉なんかが『おしゃらく』のなかに残っているところもあるのです。それに江戸時代に流行った門付《かどづけ》芸の『ちょぼくれ』のような早口唄、さらに経文もじりの『ちょぼくれ』である『阿呆陀羅経《あほだらきょう》』とか、そういうものも寸劇、茶番劇として入っていたりもします。近郷の文化とはいえ、

江戸の芸能も入って残っていたのです。だから私は、葛西という土地は、江戸芸能、文化の吹き溜まりだった、都市化しなかったから、ここに江戸の文化の片鱗も『おしゃらく』も残っていた、と実感しましたね」

前述のように葛西は「陸の孤島」のようないわれ方をしていたが、江戸から風や人の流れに乗ってたどり着いた下町の文化が、この地の生活、文化に取り込まれ、とどまっていた。

それを逆に仕入れて外に出して広めた人もいた。それが「おしゃらく」の演目「飴屋踊り」にもなっている「飴売り」たちだったという。私たちの子ども時代でいえば「紙芝居屋さん」というところだ。そういう人たちが、各地を回りながら、その土地、土地で流行りの芸の授受を行うという役割を演じていたようだ。

「葛西で流行っていたはずの飴屋踊りの『よかよか飴屋』が、この地では絶えていて、唄だけが残っていたのです。それを復活できたのは、埼玉の三郷や松戸などに、昔からそれをやっていた人がいたからです。その映像を私が持っていて、その踊りが昔の葛西のものと同じだということが確認できたので、保存会の『踊り組』に見せて、復活させた。こういう例もあるのです」と藤本さんが語るように、元の場所で絶えていても、それが伝わったところで残っているものもあった。

「聞き取りをやっていたとき、明治生まれの人に『この唄、誰に習ったの』と聞くと、『あの爺さん。確か安政の生まれの人だったな』などという。書いたものはもちろんない。みな若衆宿（若者組が宿泊や集会に用いた。若者宿とも）で習ったというのです。そこには遊芸人、飴屋も来ていた。昼は太鼓と唄で飴を売り歩き、夜は若衆宿で、よそで仕入れたものや、自分たちで寸劇、茶番を入れてこしらえたようなものを置いていく。そういうことを生業にしていた人たちが、あちこちを歩き回っていたので『おしゃらく』が各地に広まったのです。僕の調査では、一番北は岩手の南部の手踊り。そこまで波及しています。神奈川だと三浦市の菊名に『飴屋踊り』の名称で、かつて葛西・浦安で踊っていたものがあります。忠臣蔵五段目とか歌舞伎の要素も入っています。中央線沿線では、青梅市小木曽などにも『おしゃらく』が残っています」

藤本さんは現在、三味線の師匠としても、さまざまな人たちを教えている。これまで地方の温泉街にも幾度となく足を運んできた。その際、三味線、端唄などを指導しながら「おしゃらく」などの地方芸能の調査をしてきたという。

そういう地域でこれまでは〝華〟だった花柳界が急速に衰退している。そういうなかで最近、若い芸者志願者が現れた、などということもよくテレビニュースなどになっている。藤本さんはそのような異色の人材にも稽古をつけているという。

さらにユニークなのは、落語ブームといわれているなかで、落語の出囃子で民謡を弾きたくて習いに来ている女性がいることだという。

時代は変わるものだ。文化、芸能は、時代のさまざま変化を映し出している。「おしゃらく」にも、三味線にも、それがいえるのだと思う。

第5章

百歳を超えても現役の発明家と尺八

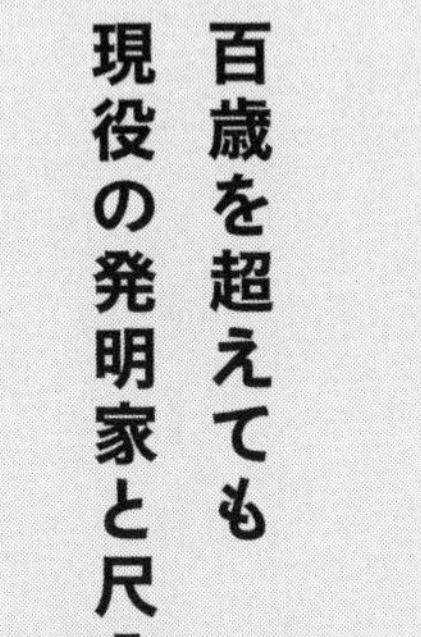

「九十の手習い」で始めた書の前で演奏する笹岡さん（2018年3月）

事業、尺八、手習いで「終身現役」貫く

さまざまな人が活躍している江戸川区文化会のなかでも、群を抜いて異色のこの人を紹介しておきたい。百歳を超えてなお「現役」を貫いている江戸川区東小岩在住の笹岡武徳（雅号・晃山）さんだ。大正五年（一九一六）十一月七日の生まれである。

私を含めて「いつまでも現役でいたい」との思いで日々過ごしている人たちの目標、理想となる大先輩である。文化会活動でも、戦前生まれの人がめっきり減って寂しくなっていくなかで、やはりみんなが励まされる頼もしい存在といえる。

また、江戸川区は、高齢者を「熟年」と呼び、全国に先駆けて設立した「高齢者事業団＝熟年人材センター」が、いまやすっかり各地に普及して大きな力を発揮しているシルバー人材センターのモデル事業となった区である。「健康長寿」をめざすのは、「江戸川区の文化」ともいえるのではないか。とすれば、笹岡さんは、その文化を支えるトップランナー、あるいはその体現者といえる存在でもある。

笹岡さんは戦争をくぐり抜け、戦後この地において事業家として再出発した。斬新なア

イデアと地道な努力の積み重ねによって、事業を軌道に乗せ、また、発明家としても知られる存在になった。一方、長年にわたって尺八の最大流派である都山《とざん》流で研鑽を積み、昭和六十一年（一九八六）に社団法人日本尺八連盟の最高位「竹帥」の冠称を受けるなど、演奏家として活躍し、笹岡社中を率いて後進の育成や普及にも力を注いできた。

その活動の場の一つが区文化会所属の江戸川区芸能文化協会で、笹岡さんは平成十年（一九九八）から二期六年、同協会の会長も務めた。文化会が六十周年を迎えた平成二十四年（二〇一二）には、同協会の役員永年勤続表彰（五十年以上）も受け、その後も現役として活動している。

区文化会会長でもある私は、笹岡さんにはいつもお会いしているが、この機会に改めてインタビューして、文化会の場では余り話題にしてこなかった事業や個人的な足跡なども伺った。

笹岡さんは「いまも頭の中には、やりたいことがまだたくさんある」と意気盛んで、さらに尺八に加え、書道や水墨画を「九十の手習いで始めました」と淡々と語る。その姿勢や言葉にはやはり頭の下がる思いになる。

笹岡さんの生まれは、瀬戸内海に浮かぶ広島県の大崎上島（現・豊田郡大崎上島町）。

「医者だった父の仕事の関係で、子どもの頃に広島から岩手に移った後、東京に転居して、いまの千駄木の文京区立汐見小学校に転校しました。父が本郷の日本医科大学に転職したからです。東京へは直接来るはずでしたが、関東大震災（大正十二年）が起きたので岩手にいったん避難した形になったのです。その後、父は目黒で『笹岡医院』を開業したけれど、それは空襲で焼けました。父と同じ医者の道は兄が進み、次男の私は軍人になるべく『武徳』と名付けられましたが結局、早稲田大学を出て大日本自転車（のち日米富士自転車など）に就職して機械設計の道に進みました。東小岩に来たのは終戦一年前の昭和十九年です。兵隊にも行きました。事業は戦後、昭和二十三年からです。この東小岩で笹岡製作所（現・笹岡工業）を設立して、工作機械の設計、製造を始めました」

尺八については、「子どもの頃、自分で竹に穴をあけて横笛を作って祭りに吹いていました。兵隊に行ったときに笛を吹いて人を喜ばせた経験もあって、事業を始めてから先生について尺八を習い、それが今日まで続いているのです」と語る。

尺八の師匠に入門したのが昭和二十六年（一九五一）。尺八のキャリアも七十年近い。

事業家として、尺八奏者として、江戸川区で長い歳月を刻んできた。医業を継いだ兄は江戸川区で開業した。北小岩の笹岡医院の院長だった。その名はよく知っていた。やはり音楽（ギター）で文化会活動を行っていた。ただ兄弟だったことは今回初めて知った（同医院は現在閉院）。

数々の開発、百歳を超えてもなお現場に

事業家としての笹岡さんは、業界では、アイデアマン、発明家としてよく知られ、江戸川区からさまざまな製品の製造装置などの新製品情報を発信し続けるようになっていく。

「戦時中からやっていた機械の設計技術を活かしてプレス機械などを設計、製造するところから始め、取引先も、東芝、日立、高砂鉄工、立川ブラインドなどと増えていきました。大手メーカーから注文を受けて機械の設計、製作をしてきましたが、大量生産機を一台、二台と作って納品しているだけでは、それで仕事が終わってしまう、発展性がない。それで自社で作った機械を使って自分のところでも製品を作るようになりました」

この間、多くの発明も行い、笹岡さんの名や会社の情報が専門紙や雑誌などに何度も掲載された。かつてテレビのモーニングショーの司会や政界でも活躍した木島則夫さんに受けたインタビュー記事が雑誌を飾ったこともあった。

このような記事や資料などを前にしながら、会社の沿革や笹岡さんの事業家としての歩みを伺った。専門的でわかりにくい部分もあったが、扱った商品で興味を引かれた一つが、一九六〇年代に流行った「ソノシート」だった。レコード全盛期に安価な薄いレコード盤として雑誌の付録などにもよく用いられていたあの「ソノシート」だ。

「大手レコード会社に頼まれて、それを作る機械を製造し、プレスも始めたのですが、次の年に別の会社が大々的に『ソノシート』を出し始め、そちらがすっかり有名になってしまって、結局、うちは他の仕事もあるので撤退しました。どこかの学校の校歌をプレスしたものが残っているはずですが……」

これは成功事例ではなかったが、このような形で、さまざまな分野の製品を作る機械、自動製造機を手掛けてきたという。機械製造は、顧客のメーカーから注文を受け、さまざまな要望にしっかり応えるように機械の図面を描く。そこには試行錯誤を繰り返してきたアイデアマンの多様な経験と知恵が注がれる。そして各パーツを作り、あるいはその製造を業者に発注し、それらを組み立て、試運転をして確認、調整をして納品する。だからそれほどの大工場は必要としなかったようだ。当初は自宅に併設された工場で作業した。笹岡さんは社長室では設計図に向き合い、工場の現場では油まみれになってきた。

製品の考案や設計は「一人でやることにこだわる」などと雑誌には書かれている。

「そうなんですか?」と尋ねる。

「そう、自分で考える。人に相談することはないです。一人で考えます」

発明家の心意気ということだろうか。このような笹岡さんによって、ヒット商品、ロングセラーが生み出されてきた。その一つが、ワンタッチで髪を留めることができるヘアクリップと、それを金属板から抜くプレス機械だ。アメリカで特許を取得し、製品のクリップの輸出もしてきた。また、カーテンフックのプレス機械やフックそのものもロングセラーとなった。

さらに会社を大きく転換、飛躍させたのが製本用のリング「ダブルOリング」だった。これが今日においても事業の柱の一つになっているという。その始まりは昭和四十五年の「ダブルOリング」の自動製造機の開発だった。

「ダブルOリング」というのは、家庭や事務所などでちょっと周りを見れば、これが使われている商品の一つや二つは見つかるのではないだろうか。カレンダーを綴じるのによく使われている金属製のリングだ(現在同社ではエコ対応製品の紙製のペーパーバインドも製造)。また、バインダー・ノートやダイアリー、アルバムや料理ブック、カタログ、マニュアルなどの製本にも使われている。厚いものでも綴じやすく、また、開きやすい、開いたページが平らになるので見やすいなどの利点がある。同社は生産設備に加え、このリングそのものも量産して販売するようになった。加えて専用の綴機などの開発や改良を続け、先端技術も積極的に取り込んで、コンピュータ制御の新型自動綴機の開発などにも成功している。

この間、笹岡さんは四十件にも上る特許、実用新案を取得している。また、ルーズリーフ式綴込金具で「東京発明展'89」(平成元年)で、科学技術庁長官奨励賞も受賞した。

厚生労働省による平成二十九年の「百歳高齢者表彰」では、笹岡さんは「地域で話題の高齢者」として紹介された(東京都では計四人)。その紹介文には、この長官奨励賞を受賞していることや「現在も自社工場にて考案、製作を行っている」などと記されている。実際にその後も工場の現場に立ち続けているという。

大家族に囲まれ、「九十の手習い」も

笹岡さんが社長として率いてきた笹岡工業(旧笹岡製作所)は、東小岩の本社のほかに

奥戸、成田にも工場を設けて業容を拡大してきた。そして平成十三年に笹岡さんは会長に退き、後継社長に娘婿の篠田裕久さんが就任した。同社はその後の平成十六年、千葉県鎌ケ谷市に新工場を建設し、創業以来の東小岩の本社工場を含めて移設して工場を統合した。

会長に退いた後も自宅隣の本社工場に毎日出勤していた笹岡さんは、鎌ケ谷に移転したからといって足を遠ざけたわけではない。移転当初は自分で車を運転して鎌ケ谷に通った。いまは自ら運転することは止め、家族の運転で通っている。変わったのはもう一つ、午後からの出社になったことだという。それでも毎日通い、油まみれになることもあり、夜にはやはり同社に勤めている家族の車に同乗して帰るという。

笹岡さんは、子ども（長女）は一人だったが、孫が三人。その三人の孫にそれぞれ三人の子がいるので曾孫《ひまご》九人である。この大家族が自宅や徒歩二、三分の近所に住んでいるから始終集まっているという。

「とてもにぎやか。それだけでも幸せです」と笹岡さん。

平成二十八年度の江戸川区文化功績賞を受賞したとき、お祝いの席に私も出席したが、笹岡さんに花束を渡すために大勢の子どもたちがワッと舞台に上がってきたことが強く印象に残っている。曾孫のみなさんだったわけだ。みながうらやましく思う大家族に囲まれている笹岡さんである。

文化功績賞を受賞した活動・尺八は、前述のように七十年ほど前から修業を積み、江戸川区ではさまざまなイベントで演奏してきた。福祉施設を回ってのボランティア演奏なども続けてきた。特別支援学級や高齢者施設などで箏《こと》を中心に演奏して伝統文化を伝えている「音《ね》の会」というグループの顧問にもなり、指導や演奏を行っている。同会はやはり私が会長のボランティアセンターに加盟して活動している。

江戸川区が主催している文化祭や音楽祭では当初から参加して演奏を披露し、この間、多くの人を指導して社中を率いてきた。十数人が同じ舞台で共演したこともある。今は弟子が、その弟子、つまり孫弟子を育てて社中を率いて演奏していたりもする。

子どもたちに教え、伝えることにも多くの力を注いできた。江戸川区立下小岩小学校の学校開放事業の「すくすくスクール」で尺八を教えていた時期もある。

子どもたちに教えるために笹岡さんらしい工夫もしてきた。尺八は誰でも吹けばすぐ音が出るというものではない。そこで笹岡さんは「吹き口」を付けて、誰でもすぐ吹ける尺八を作った。このあたりも発明家の笹岡さんの面目躍如というところだろう。

「尺八は、メジャーな楽器ではないけれど、子どもたちにも吹かせたいから、プラスチックの尺八を自分で作った。誰でも音が出るように作ったのです。そういうものを作るのは、お手のもんだから」

と笹岡さん。尺八だけでなく、アルミ製の軽量譜面台なども開発して製品化した。

百歳を迎えた時、尺八普及活動に顕著な功績があったとして、日本尺八連盟本部から表彰された。笹岡さんは、いつまでも現役の奏者として、連盟東京支部の定例演奏会、あるいは琴、三味線、尺八の普及と各流派の交流を図るための公益財団法人日本三曲協会の演奏会、さらに東京支部が企画するさまざまなイベントにほぼ毎回、積極的に参加してきた。それが高く評価された。笹岡さんは尺八でも、実に長期・広範囲の活動を続けてきたのだ。

亡くなった夫人は、長唄、三味線の名取だった。「和歌山富清」の名で、やはり区の芸能文化協会理事として活躍した。

今回、笹岡さんをインタビューしたのは、自宅に隣接した旧本社工場の応接室で、壁には表彰状や特許関係の書状の額とともに掛け軸が何幅も掛けられていた。それは十年ほど前から本格的に取り組み始めたという笹岡さんの書である（章扉写真）。

百歳を迎える時、江戸川区の多田正見区長もこの部屋に笹岡さんを訪ねていた。平成二十九年十一月一日付の「広報えどがわ」に多田区長が次のように書いている

「昨年十一月、一〇〇歳のお祝いで笹岡氏を訪問した折、会社の応接室で一世紀にわたる自らの人生をいろいろ語ってくださいました。壁には立派な掛け軸が並び、その素晴らしい作風にひととき心を打たれました」「思い込んだらとことん最後まで極めずにはいられないその性格は、この一〇〇年を実に多彩なものにしたのでしょう。その根性には敬服あるのみ、まさに傑人の面目躍如です」

このように書かれた笹岡さん。

「書と水墨画をやっていますが、書は元々書いていたけれど書道展に出すようになったのは九十歳ぐらいから。『九十の手習い』です」

当然、これまで仕事、事業も極めるために多くの苦難に突き当たり、辛酸をなめたり、乗り越えたりしてきたのだろうが、そういう面は少しも見せない。

「苦労なんてない、楽しいからやっています。楽しくなかったらみんな途中で終わってしまう。発明にしても、尺八、書道にしても、同じ。やはり人生は楽しく生きようと。人間も何年もたつと変わります。あっという間の百年ですね。でも、苦しい思いではなく、楽しい思いをして生きています。実際に私は恵まれています。孫や曾孫にも囲まれ、また、仕事の方でも趣味の方でもこうやって表彰もされ、本当にありがたいことだと思います」

共感し、また、うらやましくも思う笹岡さんの言葉だった。

私は最近、自分より年長の人をインタビューするようなことはほとんどなくなっていたので、新鮮な気持ちで、最後に、「今の若者たちへのメッセージを……」とお願いすると、

「何事も目標を持ってやり続けることが大切です」

との答えが返ってきた。

第6章

芸能文化協会理事長は日舞の師範

日舞こども教室のみなさん（中央＝2018年10月の区民まつり）と
芸能文化協会理事長・坂東甫吉さん（左） 前理事長・坂東登喜美さん（右）

坂東流の師匠が芸能文化活動取りまとめ

江戸川区の伝統文化の継承と文化会活動について述べてきた。現在、その文化会に所属して文化祭などを守り立てている芸能文化協会で理事長を務めているのが日舞「坂東流」の坂東甫吉《ほきち》（本名・仲田為明）さんだ。

同協会は、前章の尺八の笹岡晃山さんも会長を務めていた。かなり大所帯で、すでに紹介してきた伝統芸能の葛西囃子や里神楽、おしゃらく、それに日舞や尺八、箏曲、端唄、手品、詩吟など、合わせて十五部門の三十近いグループが所属している。舞踊関係では、日舞のほか、バレエ、ジャズダンス、新舞踊、民踊の四部門のさまざまなグループが加盟している。

芸能文化協会の活動のハイライトは、やはり江戸川区文化祭で、芸能文化協会はそれを成功裡に開催するための協会ともいえる。昭和三十年（一九五五）の第一回文化祭から参加して、それぞれのグループが日頃の会員の稽古の成果を披露している。

文化祭は平成三十年に第六十六回を迎えた。六十周年（平成二十四年）のときは、会長が「民踊」の青山容子さん、理事長が日舞「花柳流」の花柳魁弘美《かいこうみ》さんという陣容だった。青山会長の「民踊」は、「民謡に合わせておどる踊り」で、青山容子社中をはじめ、三社中（グループ）が参加して舞台を飾った。日舞では花柳流や坂東流など六流派が参加して稽古の成果を披露して、伝統美を競った。

その後、任期満了で青山会長が辞任すると、会長は「実務者でない方がよい」ということで、私が乞われてしぶしぶ就いた。花柳理事長の後任には、やはり日舞の坂東登喜美さんが就任して理事会をまとめ、現在は同じ坂東流の坂東甫吉さんが理事長として次の文化祭に向けて準備を進めているさまざまなグループ間の調整などを行っている。坂東理事長が語る。

「私が理事になったのは昭和六十年ですから、まだ二十五年ぐらいで、もっと古い人もいらっしゃるなかで、花柳登喜美さんの後任にと推されて理事長をお引き受けしました。さまざまな団体が加盟しておりますので、そのみなさんの意見をよく伺うことが大事だということで進めております」

坂東理事長は「甫吉先生」「甫吉さん」と呼ばれる。坂東流では、たとえば同協会の五代会長（平成五年～）の坂東三津時さん（平成二十年死去）は、区文化祭が始まった時から、今日のような大掛かりな会にするために随分骨を折ってきた人だった。その後継者の坂東登喜美さんは、母親の三津時さんを手伝って、芸能文化協会の活動にも取り組み、理事長としても活躍した。

ほかにも多くの坂東の名取・師範が活躍している。花柳流などの流派でも同じだ。何人もの人が協会で活躍しているから、当然のようにそれぞれ下の名前で呼ばれる。

文化祭には、前述のようにさまざまなジャンルのグループが出演している。部外者にはわかりにくいところも多いが、舞踊、日舞は、江戸川区ではどのような状態になっているのだろう。

「残念ながら昔と比べて日舞や民踊をやる人が減ってきています。これはどこにおいても言えることではないでしょうか。文化祭にも『新舞踊』のみなさんが加わってきました。新舞踊は、よく耳にされる歌謡曲などをバックに踊ります。伝統的な日舞とは違い、曲がわかりやすいとか、振り付けが覚えやすいなどということから、そちらにいく傾向もあります。日舞と民踊は昔と比べて減っているので、底辺を広げるために『こども教室』などにも取り組んでいるところです」

と甫吉さん。こども教室などについては後述するとして、日本の伝統舞踊である日舞と

その現状についてもう少し確認しておきたい

歌舞伎に始まる日本舞踊と各流派

日舞、つまり日本舞踊は普通、狭義の意味で「歌舞伎舞踊やそこから生まれた歌舞伎の歴史とともに歩んできた舞踊」を指すという。江戸文化によって育まれてきた舞踊で、歌舞伎の題材からとった演目が多いのが特徴とされている。

日舞には、茶（茶道）や花（華道）のような家元制度にもとづく多くの流派がある。これは多くの人が知っていることだろう。花柳流、藤間流、西川流、若柳流、そして坂東流が「五大流派」と呼ばれる大きな組織である。ほかに猿若流、藤見流、藤蔭流、西崎流など多数の流派があり、多くは日本舞踊協会に加盟している。

流派の源流をたどると、歌舞伎の「振付師に始まる」ものと「役者に始まる」ものの二つの系統になるという。

振付師に始まるのが、藤間流や西川流で、西川流からさらに花柳流が生まれ、最大の流派に発展した。花柳流からもさらに若柳流などさまざまな流派が派生している。

役者、俳優を祖とするものは、坂東流、中村流、岩井流、市川流、尾上流など。その名前からもわかるように人気役者を始祖とする。やはり新旧の流派が多数ある。そのうちの最大のものが坂東流で、三世坂東三津五郎《みつごろう》（一七七五―一八三一）が流派の祖。最近の家元には、坂東八十助時代にテレビドラマなどにも盛んに出演し、歌舞伎や踊りのファン以外からの人気も高かった十世坂東三津五郎がいたが、平成二十七年に五十九歳で夭逝。現在は十世の長男、坂東巳之助（二代目）が家元を継いでいる。また、坂東流からは勝見流なども生まれている。

以上の二つの大きな系譜以外にも新舞踊活動の舞踊家が起こした藤蔭流、あるいは西崎流や上方舞の系譜、京舞の流派、大阪の吉村流、山村流など、多くの流派がある。そのほかにも個人で活動している舞手がいる。

ざっといえば、このような多数の流派が全国で活動している。江戸川区の日舞も当然、その縮図に近い状態にあり、花柳流や坂東流などの大手流派の名取・師匠のみなさんが、芸能文化協会に多数参加して活動をリードしている。

また、新舞踊は、甫吉さんの説明にあるように、伝統にとらわれずに歌謡曲など自由に選んだ曲をバックに振り付けを考案したり、それを元に自ら流派を立ち上げたり、家元を名乗ったりもする自由さが特徴だ。文化祭でも、新舞踊には四つの流派、グループが出演してきた。みなが知っている盆踊りなどは、「新舞踊」や民謡をバックに踊る「民踊」の範疇に入るという。

サラリーマン時代に名取・師範になって

日舞の人たちは、どのように修業しているのだろうか。甫吉さん自身の話を伺った。島根県の宍道町（現・松江市）出身の甫吉さん（昭和十五年八月生まれ）。踊りを始めたのは、江戸川区の住人になってからだった。東京オリンピック（昭和三十九年）前後の高度成長期のことである。

「始めたのが二十五歳ぐらいの時でしたから、随分、遅かったです。サラリーマン時代の当時、修養団体の朝起会というところに出ていた時期があり、その時、仲間の方から『自分の娘が日本舞踊を始め、一緒に稽古に行ってくれる友達がほしいと言っているので、お願いできないでしょうか』と言われ、私でよければ……ということで通い始めたのです。ただ、その人は辞めて私だけが残って続けることになりました」

趣味や技芸との付き合いにも人それぞれの歴史、物語があるものだが、甫吉さんの場合、きっかけは積極的なものではなかったものの、たちまち踊りに夢中になっていったようだ。

「それに男性は『後見《こうけん》』の仕事を覚える必要がありました。後見は、踊っている人の後ろに控えて小道具の受け渡しや衣装脱ぎの手伝いなどをする役です。衣装の『引き抜き』なども一生懸命に勉強して覚えました」

後見は、歌舞伎でいえば、黒衣《くろご》のような役といえる。重要な裏方の仕事だ。そして、

「踊りたいものもできて、ますます熱心に取り組むようになり、三年後の昭和四十二年に名取になってお師匠さんの『昭甫』から一字もらって坂東甫吉となりました。師範の免状も一緒に取りました。当時の坂東流では、名取と師範の免状を一緒に取ることができたのです」

他の日舞の流派でも、それほど大きな違いはないようだが、坂東流では、入門から三年以上稽古に励むと名取試験を受けることができる（十三歳以上）。家元、試験官の師匠の前で踊り、合格すると流派名を冠した「坂東○○」という芸名をもらえる。まさに「名取」である。それによって一人前の踊り手として認められ、流派のさまざまな行事に参加できるようになる。

甫吉さんが同時に取った師範は、現在は制度が変わり、名取の人が条件を満たした上で受験する。合格すると、弟子を持ち、弟子に名取試験を受けさせることができるようになる（師範でなくても教えられるが、弟子に名取試験を受けさせることができない）。

どの流派でも、このような名取・師範の制度を柱に、家元制度を維持しているといえる。

「踊りが好きで熱中していたけれど、サラリーマンでしたので、名取や師範にはこだわらないでいたのですが、同じ年ごろの女性たちに『私たちも取るので、あなたもどうですか』と言われて取ったのです。ただ、師範になってもお弟子さんを取ろうとは思っていませんでしたし、サラリーマンには残業もありますから、弟子を取ることはなかったですね」

ボランティア師範が「こども教室」を

江戸川区でも前述のように日舞をする人が減っている。

「文化祭に出てくれる人も、もう少し三十代、四十代という若い人たちが入ってきてくれると嬉しいのですが……」と甫吉さん。そのため将来に備えて、日舞の底辺を少しでも広げておこうと、平成十五年（二〇〇三）から始めているのが、芸能文化協会の「日本舞踊こども教室」だ。

私が理事長のえどがわボランティアセンターのホームページでも、その活動を「次世代を担う子どもたちを対象に日本舞踊を体験・習得させ、将来にわたって継承し発展させるとともに、こどもたちが歴史や伝統文化に対する関心や理解を深め、豊かな人間性を養うことを目的にしています。老人ホームへの慰問や地域の祭りに参加しています」と紹介している活動である。

毎年三月に生徒（四歳〜中学生）を募集し、四月から稽古を始める。会場は、葛西区民館、東部、東葛西、小岩、船堀のコミュニティ館の計五カ所。通える会場を選ぶ。稽古は月三回。先生はすべてボランティア。師範の免状を持っている四流派（坂東、花柳、藤間、西川）の計十人ほどの有志の先生方が一教室を二人で担当して教えている。年会費二千円（会場費など）。

「五年くらい続けてやっている子もいますし、個人的に先生についた人もいます。やはり女の子が多いですね。生徒は七十人ほどおりますが、男の子は三人ぐらいです。かりに長くできなくても、日舞を少しでも習い、ある程度余裕ができた時にまた日舞を選んでもらえれば、ということで行っています。

稽古は浴衣で行います。最近は大人でも着物だけでなく浴衣も着られない人がいるので、私たちが着付けの仕方を教えることもいたします。『習わせたいけれど着物も何もないのですが……』と最初に言って来られるお母さん方も少なくありませんが、心配はいりません。先生方のお弟子さんたちが着なくなった浴衣や、子どもが使わなくなったから使ってくださいという親ごさんからいただいた浴衣があります。足袋や帯もお貸しします。『そのうち用意できたら、それでお願いしますね』ということで、最初は一式お貸しすることもあります。発表会では着物も着ます。着物も四十着ほどありますので、ある程度年数を積んだ人に着てもらうようにしています。足りない場合は浴衣です。昔は発表会も浴衣でしたが、江戸川区の『鈴木財団』に援助をしていただいて着物を作り、それくらいの着物があるので使っています。この発表会もすべて入会時にいただいたお金でまかなっています」

こども教室に助成しているのは、青少年の育成を目的に区内で助成事業やスポーツ施設貸与事業などを行っている公益財団法人京葉鈴木記念財団（江戸川区船堀、代表理事・京葉鈴木グループ鈴木孝行代表）だ。その助成対象になって着物を整えてきたという。

礼儀や立ち居振る舞いも身につけて

こども教室では毎年一回、一月に葛西区民館で発表会を行う。私も芸能文化協会の会長として挨拶をするためにいつも出席している。色とりどりの着物や浴衣に身を包んだ大勢のかわいい踊り手たちが舞台で舞う姿は何ともほほえましい。高齢者施設でも、慰問を楽しみにしている人が多いと思う。こども教室は、稽古の成果の披露を兼ねて、年に一回は施設の慰問を行っている。

ほかに地域の祭り（葛西の祭り）や江戸川区民祭りにも参加している。こども教室では、日舞の手ほどきを受けるだけでなく、仲間もでき、その上、これも大事なことだと思うが、礼儀をしっかり身につけることができる。

「お師匠さんにつくのとは違い、一人一人を教えるのではなく、並んでお稽古をしますが、行儀がよくなった、挨拶ができるようになったと、親ごさんが言って来られることも多いです。周りの人からもそのような評価をいただきます。こども教室にはお母さん方も一緒に来られますが、お母さん方も長く正座をして見てはいられません。子どもたちには、始める前と終わった時にきちんと正座をし、扇子を前に置いて、『よろしくお願いします』『ありがとうございました』と挨拶をさせています。日舞のお稽古は挨拶から始まり挨拶で終わるのです」

甫吉さんはじめ他の踊りの先生方も非常に礼儀正しく、動作も口調も柔らかだ。言ってみれば上品な人が多い。また、私が知っている女性の先生方は多くの弟子を持っている人が多いが、甫吉さんは積極的に弟子を取ることをしてこなかった。

「もちろん、教えることは必要なので、自分から『やりませんか』などと声を掛けることはありませんが、やりたいという人の面倒は見るようにしています。自分の先生がいなくなって行き場がないので面倒を見てくれませんかという人もお世話をしてきました。

私には孫が三人おりまして、文化祭の舞台に出てみたいというものですから、稽古をつけて、三人一緒に舞台に出すなど、いろいろしているところです」

こども教室を含め、未来に向けた取り組みもさまざまに行っているということである。

おわりに

書き終えてみると、本書は結局、私の回想録になってしまったようだ。今日まで五十数冊の単行本を上梓してきたが、自分のことを系列的に述べたのは初めてである。

歳をとり、なお鮮明に蘇るのが少年時代のことだ。一九四五年八月十五日、満九歳だった私は、当時のどの子どもとも同じで、家庭でも国民学校でも、日本は神の化身であられる万世一系の天皇陛下が統治される神の国と教えられてきた。天皇陛下のご真影（写真）は国民学校の校庭の祠《ほこら》に安置されている神聖なもので、天皇陛下と印刷する際は、あたま一字を必ず開けると教えられた。大日本帝国は絶対に負けないとも教えられていたが、突然アメリカに無条件降伏して占領されるという異常事態の大混乱期に小中学校教育を受けた。

この時代はすべてアメリカ第一の時代で、最初に飛び込んできたのは、男女平等とジャズとプロ野球だった。私が成人した頃にようやく社会全体がアメリカ第一主義から解放され、落ち着き始めていた。私は一九六〇年に行ったパリにおいてヨーロッパ文明の大きな影響を受けた。パリにはその後数十回行ったが、最初にパリに着いた日の夕方の光景を鮮明に憶えている。私の人生ではその後、様々なことが起きたが、当時のパリの光景がいまだに脳裏に浮かぶ。思えば、人生というものは、蜃気楼と同じことなのかもしれない。

小久保 晴行

著者略歴

小久保晴行（こくぼはるゆき）

パリ大学で美術史を修め、洋画家、評論家、経営学博士（PhD）
現在、江戸川区代表監査委員。公益財団法人えどがわボランティアセンター理事長、一般財団法人国際江戸川文化福祉財団理事長。社会福祉法人つばき土の会『もぐらの家』理事長。

主著に、『生きている台湾』『中国ざっくばらん』『ベトナム人の旅』（以上20世紀社）　『毛沢東の捨て子たち』『黄河の水澄まず』（以上世界日報社）、『江青小伝―奔流の女』（白馬出版）、『見習え華僑の処世術』『華僑の人脈づくり、金脈づくり』（以上実業之日本社）、　『中国二つの貌』（河出書房新社）、中国語訳『中国人生意経』（台北・遠流出版公司）、『人の知恵と力をうまく生かす私の方法』（三笠書房）、『孫文から李登輝へ』（共著・早稲田出版）、『私を変えたことば』（共著・光文社）、『世界の読み方歩き方』『中金持ちへの知恵袋』『地球ビジネス交流術』『ロータリーの四季』『ロータリーと人生』『ふくしの家の物語』『死んでたまるか日本』『地方行政の達人』『八代目橘家圓蔵の泣き笑い人情噺』『いくつになっても各国めぐり』『住みたい街づくりの賢人たち』『東京創生ー江戸川区の「逆襲」』（以上イースト・プレス）、『地球つかみどり』（長崎出版）。

『小久保晴行著作集』（イースト・プレス）第1巻～第10巻を刊行。

歌集としては、第1歌集『パリ日乗』から『欧州幻影』『ホームページ』『光陰流水』『地球万華鏡』『日々塞翁が馬』『胡蝶之夢』『生々流転』『香舟之魚』『時空の旅人　限界の年』『曙光の荒野　黎明の年』（以上短歌新聞社）、『一期一会』『日々の残照』『午後の舟唄』『晩秋の蜃気楼』『北回帰線』（現代短歌社）などを刊行。


現在、ほかに（社）日本経済協会理事、（財）日本ベトナム文化交流協会評議員、（社）日本評論家協会、（社）日本ペンクラブ、（社）日本文藝家協会、（社）日本美術家連盟、（社）日本旅行作家協会、日本歌人クラブ、日本短歌協会各会員。（社）日本外国特派員協会協賛会員。月刊『カレント』編集人。

江戸川区文化会、江戸川区芸能文化協会、江戸川区美術会、江戸川区福祉ボランティア団体協議会、江戸川区友好団体連絡会、江戸川明るい社会づくりの会、江戸川第九を歌う会各会長。江戸川区短歌連盟顧問、国際ロータリー第2580地区パスト・ガバナーなど。

されど未来《みらい》へ
「回想七十有余年《かいそうななじゅうゆうよねん》」と「江戸川区《えどがわく》の文化《ぶんか》を支《ささ》える人々《ひとびと》」

発 行 日　2018年12月5日　第1刷発行

著　　者　小久保晴行《こくぼはるゆき》
装　　丁　大場君人
装　　画　小久保晴行
D T P　小林寛子
編集協力　山本和雄（RRC出版）
編　　集　加藤有香

発 行 人　北畠夏影
発 行 所　株式会社イースト・プレス
〒101-0051
東京都千代田区神田神保町2-4-7 久月神田ビル
TEL 03-5213-4700　FAX 03-5213-4701
http://www.eastpress.co.jp

印 刷 所　中央精版印刷株式会社

ISBN978-4-7816-1732-9 C0095